藝　文　叢　刊

西湖秋柳詞
西湖竹枝詞

〔清〕楊鳳苞　等著

俞浣萍　周菁齊　韓雅慧　點校

浙江人民美術出版社

圖書在版編目（CIP）數據

西湖秋柳詞 ; 西湖竹枝詞 / (清) 楊鳳苞等著 ; 俞浣萍, 周菁齊, 韓雅慧點校. -- 杭州 : 浙江人民美術出版社, 2025. 1. --(藝文叢刊). -- ISBN 978-7-5751-0408-1

Ⅰ. I222.849

中國國家版本館CIP數據核字第2024L9C154號

藝文叢刊

西湖秋柳詞　西湖竹枝詞

〔清〕楊鳳苞 等著　俞浣萍　周菁齊　韓雅慧 點校

責任編輯：霍西勝
責任校對：張金輝
責任印製：陳柏榮

出版發行　浙江人民美術出版社
（杭州市環城北路177號）
經　銷　全國各地新華書店
製　版　浙江大千時代文化傳媒有限公司
印　刷　杭州高騰印務有限公司
版　次　2025年1月第1版
印　次　2025年1月第1次印刷
開　本　787mm×1092mm　1/32
印　張　3.625
字　數　71千字
書　號　ISBN 978-7-5751-0408-1
定　價　30.00圓

目録

西湖秋柳詞……一
序言……三
西湖秋柳詞……八
原作十首……八
續賦十六首……一九
重和十二首……四六
三和二十首……五七

西湖竹枝詞……七一
出版説明……七三
序一……七七
序二……七九
題辭……八〇
西湖竹枝詞……八一
跋……一〇六
又跋……一〇七
再跋……一〇八

西湖秋柳詞

〔清〕楊鳳苞 撰

序言

楊鳳苞（一七五四—一八一六），字傅九，號秋室，别號萸沜、西園老人，浙江歸安（今湖州市）人。生於清高宗乾隆十九年，卒于清仁宗嘉慶二十一年，享年六十三歲。諸生，生性怪僻，終身不娶。早年以詩詞聞名，其《西湖秋柳詞》名噪一時，爲人傳頌，人稱「楊秋柳」，并與邢典、施國祁合稱「南潯三先生」。

楊鳳苞之詩，初學李商隱，後出入朱彝尊、厲鶚之間，風格相近，屬浙西詩派。對經學、小學亦頗有研究，熟悉明末史事，曾作《南疆逸史跋》十二篇。阮元撫浙，被聘入詁經精舍，參與編纂《經籍籑詁》。晚年，館於郡城陳氏，其書室原爲鄭元慶魚計亭，人以爲元慶復生。曾欲修明史，未果而卒。嚴可均深感痛惜，特搜集其詩文遺作，編爲《秋室詩文集》，并爲作序。

《西湖秋柳詞》是楊氏最著名的代表作品，全書共收集七言絶句七十首，寫盡西湖秋柳的千姿百態、風物人情。此書有三點特别值得重視。首先，人人都知道，春天的楊柳是西湖最美麗的一道風景，古今名作，數不勝數。但是，楊鳳苞却不寫春柳，偏寫秋柳。表面原因是他兩次從湖州到省城杭州參加省試，時間都在秋天，目之所見自然是滿湖秋色，一片衰楊，正所謂「傷心垂柳復垂楊，空有衰條拂水長」者是也。不過這只是表面原因。楊鳳苞學養深厚，滿腹經綸，但兩次省試，均以失敗告終，落第而歸，自不免心生懷才不遇之情，潦倒淪落之感。而秋柳這一特殊的意象，最適合於表現詩人此時的心情。正如其亡弟楊鳳擎《殘序》所言：「托物寄興之言。……其外婉言而多風，深有得於風人之旨者。或僅目爲流連光景，或又指爲慨歎古今，終莫能得其解也。」張戒《歲寒堂詩話》曾經指出，詠物之作，必須有所寄托。曹植「明月照高樓，流光正徘徊」、陶淵明「狗吠深巷中，雞鳴高樹顛」之句，爲何「後人雖窮極工巧，終莫能及」？因爲曹陶之作有所寄托，并非單純詠月亮，寫鄉村風景，而後人僅僅就物詠物而已，所以「終莫能及」。楊鳳苞繼承了古人的優良傳統，雖以秋柳爲主題，而個人身世之歎，淪落之悲，以至歷史滄桑之感慨，故國淪亡之憶念，無不蘊含其中，故讀來分外動人。時人「楊秋柳」之美譽，并不夸張。

其二，本書由鳳苞之弟楊知新注釋。按，楊知新字元鼎，小鳳苞十一歲，也是一位落第秀才。但據史料記載，楊知新博聞强記，諳熟《明史》，尤精校讎。楊知新《西湖秋柳詞》的注釋非常詳盡，對詩中涉及秋柳和西湖的歷史典故、風物人情，皆一一加以説明。旁徵博引，探源溯流，涉及各種專集、别集、史書、筆記，達數百種之多，這表明他對其兄長的感情之深，也表現了他嚴謹的學風。

楊知新對《西湖秋柳詞》的註釋，主要圍繞楊柳和西湖兩個方面展開。首先是楊柳，這就牽涉到歷史上衆多詩人和詞人的名篇名句。在我國古典詩詞中，楊柳是一個十分重要，被反復使用的意象，從《詩經·小雅·采薇》「昔我往矣，楊柳依依」開始，歷代名家都有關於楊柳的名篇，例如王維、白居易、秦觀、周邦彦、陸游、張炎、周密、楊維楨、朱彝尊等。周邦彦的《蘭陵王》通篇都在詠柳，但同時又無處不在抒發自己的離愁别緒，遂成古今名作，并爲宋高宗所賞識，因而獲得了功名。楊鳳苞《西湖秋柳詞》中，大量化用了古人的名篇名句，楊知新一一予以指明，對後人閲讀和理解楊鳳苞的原作，很有幫助。

楊鳳苞雖然不是杭州人，但他多次到杭州參加考試，在西湖附近居住很久，游遍了西湖的山山水水，與西湖結下了不解之緣。他在自己的作品中大量使用了有關西湖的歷史典故，生動描寫了西湖的風土人情。楊知新在注釋中，根據歷史典籍中的有關記載，詳細解釋説明，有時還對相傳已久的某些歷史事實，加以考證説明。比如他指出白堤并非白居易所建，有理有據，令人信服。這雖然有點掃興，但還原了歷史的真實面貌，還是應該的。

其三，清王朝在入據中原以後，接連出現了幾位能幹的皇帝，他們採用鎮壓和拉攏雙重手段，基本上收服了漢族士大夫的心，多數士人已經承認清王朝的正統合法地位，以致清王朝能夠維繫近三百年之久。甚至國民革命以後，在士人中存在不少遺老遺少，有些還是學界名流，例如王國維、陳三立、朱彊村等，這不能不説是中國歷史上的一個奇跡。奇怪的是，楊鳳苞兄弟似乎并非如此。楊氏兄弟生活于清王朝由盛轉衰的乾嘉時期。史載楊鳳苞欲修明史，未果而卒。其弟楊知新也諳熟明史。此時清王朝官修的《明史》已經定稿，而此前莊廷鑨私修明史，被人告發，慘遭屠戮一千餘人的血腥味尚未散盡，楊鳳苞爲什麼又想修明史了呢？這是一個未解之謎。但是從《西湖秋柳詞》中偶爾流露出來的濃濃的滄桑之感中，似乎寄寓着對前明王朝的遥遠的記憶。

余家舊有武林丁氏本《西湖秋柳詞》一卷，原爲先父端啟公所收藏。俞浣萍在杭州老年大學任教十餘年，因楊氏此作涉及西湖歷史風景人物既多且廣，遂用爲教材，深受學員歡迎。去年浣萍從老年大學退聘，始有餘暇，遂爲圈點校訂一過，今日付梓，以示同好。

癸卯八月，會稽羅仲鼎汝綱謹書。

西湖秋柳詞

歸安楊鳳苞傳九撰　弟知新元鼎注

原作十首

藏雅門外晚雅嘑，無限秋光上壓堤。不見錢唐蘇簡簡，煙痕一抹夕陽西。

羅虬《比紅兒》詩：「蘇小輕匀一面妝，便留名字著錢唐。藏雅門外諸年少，不識紅兒未是狂。」

四水潛夫《武林舊事》：蘇公堤第四橋通茆家步港，名曰「壓堤」。北新路第三橋。

香山《杭州春望》詩：「柳色春藏蘇小家。」又《楊柳枝》詞：「蘇州楊柳任君夸，更有錢唐勝館娃。若解多情尋小小，緑陰深處是蘇家。」

史達祖《梅溪詞·蝶戀花》云：「二月東風吹客袂。蘇小門前，楊柳如腰細。」

周紫芝《太倉稊米集·蘇小墓》云：「湖邊山自向人緑，門外柳今何處垂。」

田汝成《西湖游覽志餘》薩都剌《西湖絶句》云：「垂柳陰陰蘇小家，滿湖飛燕趁楊花。繁華一去風流減，今日横堤幾樹雅。」

褚仁穫《雙名志》：「蘇小小一名簡簡。」

張炎《山中白雲・西湖春感》調《高陽臺》云：「更淒然，萬緑西泠，一抹荒煙。」

回首東風十萬條，畫樓亞處門纖腰。香車去後游驄散，閑殺紅闌第四橋。

宋伯仁《西塍續稿・湖上春暮即事》云：「惜春尚有堤邊柳，舞盡東風十萬條。」

陳子兼《窗間紀聞》：昭武杜圯受言，嘗寓居劉鄜王秀野園，著《西湖雜詠》百二十章。捃摭舊聞，足資采擷，其云「寶馬香車穿柳影，輕橈畫楫劃波心」，則繪出湖上承平景象也。

黄景説《白石丁稿・寄潘德久臨安》云：「并馬西湖路，垂楊第四橋。追思分手處，曾折最長條。」

故宫鶯語怨秋闌，輕拂芙蓉露未乾。試問風情誰得似，小劉妃倚玉笙寒。

周師成《上若詩集・過德壽故宫》云：「依依禁柳風流在，閑著啼鶯憶故君。」

秋闌，見《水經注》。

吴琚《逢辰録》：芙蓉岡，在德壽宫香遠堂東，萬歲橋之北岸。

《武林舊事》：德壽宫，孝宗奉親之所。聚遠樓、香遠堂、清深堂、松菊三徑、梅坡、月榭、清妍、清新、芙蓉岡，以上并東地分。

周必大《玉堂雜記》：德壽宫，東地分。曰香遠，梅堂也。曰清深，竹堂也。曰月臺，曰梅坡，曰松菊三徑，菊、芙蓉、竹也。曰清妍，酴醾也。曰清新，木犀也。曰芙蓉岡。

蔣捷《竹山漫録》：「范石湖坐上客有譚劉婕妤事者，公與客約賦詞。游次公子明倚《金縷曲》先成，公不復作，衆亦斂手。詞云：『暖靄烘晴籞。鎖垂楊、籠池罩閣，萬絲千縷。池上曉光分宿霧，日近羣芳易吐。尋并蒂闌邊凝竚。不信釵頭雙鳳去，奈寶刀被妾先留住。天一笑，萬花妒。阿嬌好在金屋貯。甚秋風、易得蕭疏，扇鸞塵污。一自昭陽宫閉後，墻角土花無數。况多病、情傷幽素。百花臺上空雨露，望紅雲杳杳知何處。天尺五，去無路。』捷按，起處垂楊絲縷，雖屬賦景，實則比體，蓋用高廟賜婕妤詞語耳。并蒂，指大劉妃及婕妤也。」餘詳方勻《行都記》。

周淙《輦下紀事》：德壽宫劉妃，臨安人。入宫爲紅霞帔，後拜貴妃。又有小劉妃者，以紫霞帔轉宜春郡夫人，進婕好，復封婉儀，皆有寵。宫中號妃爲大劉孃子，婉儀爲小劉孃子。婉儀入宫時，年尚幼，德壽賜以詞云：「江南柳，嫩緑未成陰。攀折尚憐枝葉小，黄鸝飛上力難禁。留取待春深。」後以罪廢。

曹邍《松山小稿·劉麟瑞弔故宫》詩云：「桃臉妝成雙僕射，柳腰舞學小劉妃。」麥秀黍離之感于宫艷體中揮灑出之，令白髮遺民覽之涕下。

《德壽宫起居注》：淳熙九年八月十五日，駕過宫起居，太上留坐至樂堂，進早膳畢，命小内侍進綵竿垂釣。太上曰：「今日中秋，天氣甚清，夜間必有好月色。可少留，看了月去。」上恭領聖旨，索車兒同過射廳，觀御馬院使臣打毬，進市食，看水傀儡。晚宴香遠堂，堂東有萬歲橋，長六丈餘。并用吴璘進到階石甃成，瑩徹如玉。四畔雕鏤闌檻，精巧若出鬼工。橋中心作四面亭，用新羅白欏木蓋造，極爲雅潔。橋下大池十餘畝，皆是千葉白蓮花。凡御榻、御屏、酒器、香奩等物，并用水晶。南岸列宫女童五十人，奏清樂；北岸芙蓉岡一帶，列教坊樂部二百人。雜劇色：劉景長、龔士美、王喜、劉恩深、陳嘉祥、吴興佑、茅山童、王青、蓋門貴、蓋門慶、侯諒、曹辛、宋興、宋定、李泉見。歌板色：李行簡、田正德、王信。拍板色：花成、劉益、吴興祖、謝春澤、崔喜、趙永。琵琶色：焦進、曹彦國、胡永年、段從容、趙昌祖、謝聖澤。箏色：聶廷俊、朱邦直、豪士良、高俊、張行福。嵇琴色：魏國忠、曹友聞、馮師賢、趙進、王處仁、惠和、楊春和。笙色：湯士成、孫顯祖、宋世寧、傅紹康、彦和、鄧孝仁、豪師古、吴勝、趙福、張世宗。觱篥色：陳永良、劉舜俞、鞠思忠、孫慶祖、仇彦、孟誠、陳師授、王道和、李遇、郭席珍、商翼、于慶、季倫、唐政、金信、倪潤、時允恭、盧茂春、鄭彬、顧宣、費仍裕、秦邦彦、任再興、鄧孝元。簫色：曾延慶、王謹、劉珦、朱世昌、周濟。笛色：元守正、孫福、岳興、時實、張行謹、朱榛、李友智、陰顯祖、王筠、巫彦、林顯、沈琮、徐亨、俞德、元舜道、雷興祖、翟義、張孝恭、尹師授、閻興、許珍、汪定、賀宣、徐識、李昇、鄭青、張介、金儀、郭彦、胡良臣、張淵、王和、朱榮。方響色：葛元德、齊宣、馬仲榮、高福、田世榮、尹朝。杖鼓色：張名高、孟文叔、時和、孟清、程盛、鄧友端、葉喜、邢智。大鼓色：張佑、周均、李吉、董福、喻祥、尹師聰、宋棠、錢永。舞旋色：劉良佐、杜士康。諸樂工技皆妙絶，極一時之選。待月初上，簫韶齊舉，縹緲相應，如在霄漢。既入坐，樂少止。太上召小劉貴妃獨吹白玉笙《霓裳中序第一》。上自起，執玉盃奉兩殿酒，并以纍金嵌寶注碗盃柈等賜貴妃。侍宴官賦詞以進，節使吴琚上《玉漏遲慢》、知閤張掄上《燭影摇紅》、開府曾覿上《壺中天慢》、承旨龍大淵上《瑶臺》、《聚八仙臺》、郎康與之上《法曲獻仙音》、侍御李處全上《玉京秋》、直閤趙彦端上《永遇樂》、舍人姜特立上《金盞子慢》，各有宣賜。太上獨賞曾覿詞，大喜曰：「從來詠月不曾用金甌事，可謂新奇。」賜金束帶、紫番羅水晶注碗一副，上亦賜寶盞古香。曾詞云：「素飆漾碧，看天衢穩送、一輪明月。翠水瀛壺人不到，比似世間秋别。玉手瑶笙，一時同色，小按霓裳疊。天津橋上，有人偷記新闋。當日誰幻銀橋，阿瞞兒戲，一笑成癡絶。肯信群仙高宴處，移下水晶宫闕。雲海塵清，山河影隔，桂冷吹香雪。何勞玉斧，金甌千古無缺。」上至一更五點還内。是夜隔江西興亦聞天樂之聲。

按，《德壽宫起居注》已佚，今從吾鄉明潘曾紘所藏《宋外史記鈔》中録之，視《武林舊事》所記加詳。此書藏弆家傳鈔絶少，因備録于右，覽者勿以漫無裁剪譏焉。

煙雨湖山翠黛愁，錦颿遥送下揚州。惜無陳范春風筆，點染南朝水墨秋。

汪元量《湖山類稿·湖州歌》云「月殿不知何處在，錦颿摇曳到揚州」，紀三宫北去也。

陸起潛《皆山樓餘話》，有倚《八聲甘州》賦湖上柳者，末云：「想當年、龍舟鳳艒，樂宸游、摇曳錦飄斜。傷心是，御香染處，樹樹棲鴉。」故國之感，寫得悽惋如許。湯仲友云，其家西邨恢兵後所作。

卞永譽《式古堂畫考》有南宋陳可久《柳絲魚影圖》、范彬《六橋花柳圖》。二人皆入御前畫院。

萬頃堂深月正昏，新塘歌舞不堪論。謝家飛絮歸何處，賸有嬌黄照夜痕。

鎦績《霏雪録》：「元帥夏謹齋若水，居錢塘西湖之昭慶灣。第宅百餘間，乃故宋謝太后歇涼亭。如眉壽堂、百花堂、一碧萬頃堂、湖山清觀等，皆宏麗特甚。」

灌圃耐得翁《都城紀勝》：「萬花小隱謝府園中有一碧萬頃堂。」

龐樸《五湖狂叟文集》：《萬花小隱園·文讌記》云：「一碧萬頃堂，下臨大池，池左與湖水相接，前後老柳二百餘章。于時春既暮矣，飛絮塞空，行其中者，如在夢境。」

《湖海新聞》：德祐太學生《百字令詞》云「新塘楊柳，小腰猶自歌舞」，注謂賈似道妾。又《祝英臺近》詞云：「稚柳嬌黄，全未禁風雨。」注稚柳，謂幼君；嬌黄，謂謝太后也。

羅公升《滄州集注》：「賈妃與謝后俱入宮，穆陵注意于賈。楊太后曰，謝家有福。遂立謝后。」

《歷代吟譜》李建中《西湖詩》云：「漲煙春氣暖，貯月夜痕深。」

玉鉤簾幕自年年，紅粉飄零更惘然。惆悵披香秋色好，無人曉起聽涼蟬。

釋永頤《雲泉詩集・寄行宮監門王以道》云：「玉鉤簾外前朝柳，鬬鴨闌邊小艷葩。莫道君王不曾問，好收銀鑰護宮花。」

范晞文《葯莊詞・臨安秋晚》，調《摸魚兒》云：「淡黃宮柳休輕折，曾拂鈿車紅粉。君莫問。君不見，琵琶毳帳飄零盡。」

《湖山類稿・兵後登大內芙蓉閣宮人梳洗處》詩云：「楊柳兮青青，芙蓉兮冥冥。美人不見空淚零。錦梁雙燕來又去，夜夜蟾蜍窺玉屏。」

周溥《東圃紀譚》：梁谿楊載仲宏游鳳皇山，過宋大內，至披香閣址拾玉牌一事。上鐫詞云：「內人曉起怯春寒，輕揭珠簾看牡丹。一把柳絲收不住，和煙搭在玉闌干。」爲之憮然。

按：此又見《歐餘漫録》。

瞿佑《存齋樂府・西湖秋泛》調《滿庭芳》云：「點檢六橋楊柳，但幾個、抱葉殘蟬」。

西泠西畔斷橋東，樹色蕭蕭寫鏡中。日午畫船齊泊處，林梢還颭酒旗風。

凌嵒《古木風瓢集・西泠泛舟》云：「屏上山痕餘澹冶，鏡中柳色寫空明。」

《武林舊事》：西湖都人游賞，其次第，先南而後北。至午則盡入西泠橋。裏湖其外，幾無一舸矣。弁陽老人有詞云：「看畫船盡入西泠，閑却半湖春色。」蓋紀實也。

仇遠《山邨遺稿・湖居雜興》云：「龍舟曉發斷橋西，別有輕舟兩兩隨。春色可人晴較穩，酒家争出柳梢旗。」

烏棲麯院正昏黄，眠起依然踠地長。斜罩藕花涼似水，勾留七十二鴛鴦。

方勺《雲茅漫録》：杜北山居錢唐之麯院，博學工詩有聲。一日賓客咸集，共賦湖上鴛鴦詩。北山得句云：「閑立緑楊影，交眠紅藕花。」坐客皆爲閣筆。北山名汝能，字叔謙，太后諸孫。

方岳《秋崖小稿·湖上》云：「沙暖鴛鴦傍柳眠。」

更無花絮送斜暉，葉葉書蟲影漸稀。却比唐人剛下第，衆中憔悴緑羅衣。

奚滅《秋崖津言》：先友黄亦顔《乙山集》，詩多佳句。如「落花明遠渚，飛絮送斜陽」（《西湖客舍春歸作》），也雅近晚唐人風調。

東坡詩「柳老半書蟲」。

宋復《一足菴小乘》：寶慶初，史相彌遠，自居定策功，威權日盛，士人以詩獲罪者甚衆。莆田劉克莊潛夫云：「不是朱三能跋扈，祇緣鄭五欠經綸。」又「東風謬掌花權柄，却忌孤高不主張。」錢唐陳起宗之云：「秋雨梧桐王子府，春風楊柳相公橋。」臨川曾極景建云：「九十日春晴景少，一千年事亂時多。」并遭貶斥。是時潤州張榘方叔方需次臨安，嘗閑行湖上賦詩，有「繞堤水楊柳，蟲書半成文。如何漢病已，不得履至尊」之句，蓋傷濟邸也。語又訐直。其詩幸未刊于《江湖集》中，是以得免于禍。

宋伯仁《雪巖吟卷·湖上春晴》云：「楊柳也如新及第，向人争舞緑羅衣。」

誰道湖頭少送迎，渭城譜入笛中聲。飛來社燕已如客，一段離愁畫不成。

王奕《玉斗山人續集・書陳又新太白山人詩稿後》云：昔與又新萍聚行都，一日出游湖上，約各倚《綺羅香慢》和周公謹十景樂府。又新即席上立成十解，予研思苦索，未克就一調而罷。又新餘興未已，復成《柳枝詞》八絶，予益斂手歎服。事往已二十餘霜矣，今覽稿中無一存者。逸與删與，音書寥闊，皆不可得而知也。予尚記其柳詞之一云：「摇曳煙條馬首迎，緑陰濃處護鶯聲。離人不到蘇堤畔，玉笛何須譜渭城。」綴録于後，還以問諸又新。

按，《山中白雲》有寄陳又新，調《臺城路》云：「太白秋聲，東瀛柳色，一縷離痕輕折。」殆即指柳枝詞也。

朱焕文《北山詩稿・湖堤曲》云：「照水籠堤幾樹明，緑煙金穗傍愁生。攀條不爲行人贈，誰遣吴娃唱渭城。」

毛幵《樵隱筆録》：紹興初，都下盛行周清真詠柳《蘭陵王慢》，西樓南瓦皆歌之，謂之「渭城三疊」。以周詞凡三換頭，至末段聲尤激越，惟教坊老笛師能倚之，以節歌者。其譜傳自趙忠簡家。忠簡于建炎丁未九日南渡，泊舟儀真江口，遇宣和大晟樂府協律郎某，叩獲九重故譜，因令家伎習之，遂流傳于外。未幾，忠簡有吉陽軍之謫，殆先兆與。

李萊老《餘不谿二隱叢説》：予友臨安何應龍子翔詩，多風懷之作。二韻小詩尤佳，酷似温岐。予最愛其《湖亭席上贈别郭雙蓮》絶句，云：「樓上佳人唱渭城，樓前楊柳綰離情。一聲末是難聽處，最是難聽第四聲。」自注：「雙蓮能歌周美成《蘭陵王》曲，并能擫笛倚之。衙前和顧前、鈞容直一輩人，皆從渠授技。」周詞瓦子中，以方《渭城三疊》、旗亭送别，并歌是詞。

按，子翔《橘潭詩稿》，是詩題作「有别」，與此異，亦無自注。

少陵詩：「秋燕已如客。」

高翥《鞠磵小集·春日湖上》云：「花下笑聲人共語，柳邊樯影燕交飛。」

續賦十六首

疏林影落十三樓，寫出江南一片愁。試向湧金門外望，煙欺露重不勝秋。

陳文增《谿雲閣雜記·嚴月澗將之臨安詩》云：「昔年曾到十三樓，八月西湖十頃秋。樓外垂楊無恙否，好留濃翠待重游。」白湛困嘗爲予誦此詩。而《月澗集》

不載。

按，此詩又見陳淵《默堂集》，後二句異。

姚雲文《汪邨詩詞賸語》：楊舜舉觀我，金華人。栗里翁本然之子，隱居不仕。父子一門，自爲師友。栗里善説經，觀我精攷史。均出王深寧尚書之門。他文辭亦工，觀我于填詞尤妙。其錢塘有感《浣谿紗》云：「殘照西風一片愁。疏楊畫出六橋秋。游人不上十三樓。有淚金仙還泣漢，無心玉馬已朝周。平湖寂寂水空留。」玉馬朝周，蓋譏趙氏宗室入仕本朝者。

《武林舊事》：「十三間樓」，相嚴院，舊名十三間樓。石佛院，東坡守杭日，每治事于此。

鎖瀾一帶已先零，搖曳新涼占水亭。好是曉妝明鑑裏，四山鬟翠暈眉青。

《武林舊事》：「第二橋通赤山麥嶺路，名曰鎖瀾。」

《秋崖津言》：「弱柳舒眉學遠山，四山斜彈緑雲鬟。平湖如鑑一迴照，西子明妝濃澹間。」此張濡子含湖上別墅之作。子含別墅在北新路第二橋，顏曰「松窗」。中構水亭，四面樫柳數百株，圍繞若玦環。下臨菡萏一二十頃，三伏銷暑，不減禁中翠寒堂也。父功甫，即與史衛王謀誅韓侂胄者。楊誠齋賞其詩所謂「新拜南湖爲上將」是也。子含濡染家學，別出機杼，獨自成家。子樞字斗南，工長短句。李賀房每稱之。

水仙王廟幾株斜，脱葉淒淒藉軟沙。紅袖不知春去也，銀箏猶按舞楊花。

潛説友《咸淳臨安志》：「水仙王廟在西湖第三橋北。」

董嗣杲《西湖百詠》引，水仙廟在水月園西，廟創梁大同年間，號「錢塘龍君廟」。錢氏繼請額穹碑尚存。乾道中重建。寶慶間郡守別建蘇堤上，乃謂舊廟，有視湖邈焉。牽連遷就之説，梁大同時，今幾傳矣。

張端義《貴耳集》：慈寧殿賞牡丹時，椒房受册，三殿極歡。上洞達音律，自製曲，賜名《舞楊花》。停觴命小臣賦詞，俾貴人歌以侑玉卮爲壽，左右皆呼萬歲。詞云：「牡丹半坼初經雨，雕檻翠幕朝陽。嬌困倚東風，羞謝了羣芳。洗煙凝露，向清曉、步瑶臺月底霓裳。輕笑澹拂宮黄。淺擬飛燕新妝。楊柳啼雅，晝永正秋千庭館，風絮池塘。三十六宮，人簪艷粉濃香。慈寧玉殿慶清賞，占東君、誰比花王。良夜萬燭熒煌。影里留住年光。」此，康伯可樂府所載。

羅鑑《磬沼集·湖舫燕集》：晚泊水仙廟外，聽教坊舊伎彈壽王遺曲，作歌云：「脆管哀絲君且停，内家紅袖彈銀筝。舞楊花曲壽皇製，一柱一弦誰忍聽。昔年排當白獸闥，餘韻繞梁細于髮。今日高奏水仙聞，柳梢飛上湖心月。」

却憶春朝繫酒船，三堤凝望碧于煙。而今縱帶斜陽好，那得風流似往年。

張藴斗《野支稿·江湖偉觀》云：「堤柳朝朝送酒船。」又《春朝偶題》云：「春風酒濯湖堤柳，晚月吟韉輦路花。」

《武林舊事》：西湖三堤路：蘇公堤自南新路至北新路口，元祐中，東坡守杭日所築。起南迄北，横截湖中，夾道雜植花柳，中爲六橋九亭。坡詩云：「六橋横絶天漢上，北山始與南屏通。忽驚二十五萬丈，老葑席卷蒼煙空。」後守林希牓之曰「蘇公堤」。章子厚詩云：「天面長虹一鑑痕，直通南北兩山春。」小新路，淳祐中，趙京尹與篙自北新路第二橋至麯院築堤，以通靈竺之路。中作四面堂三亭，夾岸花柳，比之蘇堤，或名「趙公堤」。孤山路，自西泠橋至斷橋。

汪立名《白香山詩集注》：西湖蘇白堤，相傳二公始築。《新書》亦云：居易爲杭州刺史，始築堤捍錢塘湖。此公初到杭州詩已有「十里沙堤」之句。又《錢塘湖石函記》但云：修築湖堤，加高數尺。《别杭民詩》注云：增築湖堤，築不自公始明矣。或以公詩有「緑楊陰裏白沙堤」爲白堤所自來，然公詩如「護江堤白蹋晴沙」，亦用白沙，不獨湖堤也。況公所修湖堤，在湖之東北，接連下湖。舊志：近昭慶寺，有石函橋、溜水橋，是其故址。即李泌設閘泄水，引灌六井處。今杭人率指蘇堤之西爲白堤，益不相涉。又有指石徑唐爲白堤者，不知張祐已有「斷橋荒蘚合」之句矣。白詩「誰開湖寺西南路，草緑裙腰一道斜」，自注云：「孤山寺在湖洲中，草緑時，望如裙腰。」正指今石徑唐也。蘇公請開西湖，絶不及築堤事。但詳見本傳、墓志。《方輿勝覽》：元祐間，蘇子瞻築堤湖上，自南山抵北山，夾道植柳。林子中牓曰「蘇公堤」。後吕惠卿奏毁之。乾道築新堤，自南山浄慈寺前，直抵北山。湖分爲兩，游人大舟不能達于北山。紹興中，始建立高橋，出北山，達于大佛頭，舟行往來始無礙。《咸淳臨安志》：嗣守林希牓曰「蘇公堤」，邦人祠公堤上。郡守吕惠卿奏毁之，堤间齧于水，守郡嘗隨時修治，訖罔克久。咸淳五年，朝廷給錢增築。然則蘇堤亦非始築之舊矣。

吴焯《南宋雜事詩注》：《咸淳臨安志》無白公堤，所謂白公築之，堤在上湖與下湖相隔處。公自著《錢塘湖石函記》可證。今人所指之白堤，即白詩所云「緑楊陰裏白沙堤」，白公前已有之，宋時稱孤山路。故成化府志猶無白堤之名。

李義山《詠柳》云：「如何纔到清秋日，已帶斜陽又帶蟬。」

周密《蘋洲漁笛譜》：西泠春感，調《探芳信》云「翠雲零落空堤冷，往事休回首。最銷魂、一片斜陽戀柳」。

陳允平《日湖漁唱・垂楊詞》：「翠雲鎖玉窗深窈。斷橋人空倚斜陽，帶舊愁多少。」

張先子野詞《木蘭花》云：「西湖楊柳風流絶，滿縷青春看贈别。」

《山中白雲》：西湖書所見，調《祝英臺近》云「短櫂輕裝，逢迎斷橋路。那知楊柳風流，柳猶如此，更休道、少年張緒」。

慣見鈿車縿麴塵，强垂煙態臥花茵。水香露影空明處，留得西陵綰結人。

《玉斗山人續集・跋吴憐畫》云：往見憐于花月樓，風調楚楚，詩札均有意致，不知其又善畫也。李君元煇攜示憐團扇上著色山水，工緻細潤，不讓趙大年。仿佛鈿車中人，手綰柳條作回心結一般態度。歲月不居，叢殘金粉，對此坐增歎惋。

張邦基《墨莊漫録》：江南李後主，嘗于黄羅扇上書以賜宮人慶奴云：「風情漸老見春羞，到處銷魂感舊游。多謝長條似相識，强垂煙態拂人頭。」想見其風流也。扇至今傳，在貴人家。

張沄《瑶阜詩話》：陳藏一《蘇堤曉望》云：「露影水香吟不得，手攀堤柳立多時。」寓景于情誦之，昔年探芳，曉起縱眺，兩堤間離離景況，炯然在目。

按，「露影水香」，陳世崇《隨隱漫録》作「涼影潤香」。

香山居士鬢成絲，愛聽玲瓏水調詞。不道瘦腰無一把，小蠻遺後更禁持。

施岳《梅川詩稿·湖上賦柳》云：「又見芳華謝柳枝，長條短葉漸離披。風流大似香山叟，每到秋來鬢欲絲。」

曾遇《學古齋臆記》：吴興卞君應午，能詩詞，美丰度，與弟應奎友愛，甚至老猶共寢席。至元中，膺茂異，薦授郴州判官。少游于杭，偕故宋遺老倡和，有《湖堤柳枝詩》云：「搓黄撚緑悴西風，學小蠻腰態尚工。解道斷腸難著句，只堪水調唱玲瓏。」韻致不減唐人。晚寓溧陽時，仇山邨先生，教授邑中，詩筒還往，晨夕無間。嘗以《谿居》《江行》二集寄予，皆少作也。惜未見其近年老筆。

會芳故苑最魂銷，花月當時妒細腰。悽斷御溝流水外，昏雅歸去認前朝。

《武林舊事》：聚景園在清波門外，孝宗致養之地。堂扁皆孝宗御書。淳熙中屢經臨幸，嘉泰間寧宗奉成肅太后臨幸，其後荒蕪不修。有會芳殿瀛春、攬遠、芳華三堂；花光、瑶津、翠光、桂景、灧碧、涼觀、瓊芳、彩霞、寒碧諸亭。

羅夢月《泛金谿漁詩・湖上醉後步聚景園口號》云：「十年夢醒了無痕，仙苑重來那忍論。猶有會芳春殿柳，花飛如雪客銷魂。」自注：「咸淳七年秋日，與同年諸公，曾集于此諸亭館。今鞠爲茂草矣。惟殿前一帶垂楊，猶是孝廟時物。」

周密《浩然齋雅譚》：張樞斗南踐歘，朱華爲宣詞令閤門簿書，詳知朝儀典故。其姑縉雲夫人，承恩穆陵，因得出入九禁，備見一時宮中燕幸之事。嘗賦宮詞七十首，盡載當時盛際，非其他想像而爲者。其一云：「晚涼開燕近中秋，香染金風倚桂樓。花月新篇初唱徹，內人傳旨索歌頭。」原注：「穆陵製《花月篇》。」

《咸淳臨安志》：王希呂《湖山十詠》云：「瑟瑟輕冰坼御溝，溝邊柳色弄春柔。」

御教場空禁樹衰，蕭槮祇有數行垂。繡旂已偃鼉鼙散，嬾向西風試淺眉。

吴自牧《夢粱録》：「殿前司營在鳳皇山八盤嶺。」

《西湖游覽志》：「殿前司，親軍護衛之所。俗稱御教場者，此也。」

《古木風瓢集·鳳皇山御教場歌》：「芙蓉十騎宫衣紅，官家小隊來臨戎。繡旃柳眉共一色，錦韉花面交爲容。校場新築三千步，鳳嶺規模白石路。君王神武令自中，孫子那得兵符付。雙鐙羅襪微生塵，銀鞦牙箙亦絶倫。指揮合戰二隊長，俄頃勝負東西秦。六師不向中原門，琱戈枉使昭儀授。玉輦何處問龍沙，陳雲宫月猶依舊。緑楊四繞飄青絲，曾買珠衱牽金羈。攀條無復軍裝伎，穿葉空餘射鳥兒。回首穠華等抹電，淒涼想見團營散。遺鈿折戟土花青，北望江山淚如霰。」

蘭陵王曲動離思，摇落湖頭又此時。可惜風姿消滅盡，縷衣老去李師師。

《貴耳集》：周邦彦在李師師家，聞道君至，遂匿牀下。道君自攜新橙一顆，云是江南初進，送與師師。謔語邦彦悉聞之，隱括成《少年游》云：「并刀如水，吴鹽勝雪，纖指破新橙。錦幄初温，獸香不斷，相對坐調笙。低聲問，向誰行宿，城上已三更。馬滑霜濃，不如休去，直是少人行。」師師因歌此詞，道君問誰作，師師以直對。道君大怒，因加邦彦遷謫，押出國門。越一二月，道君復幸師師家，不遇。至更初，師師歸，愁眉淚眼，憔悴可掬。道君問故，師師奏言，邦彥得罪去國，略致一盃相別，不知得官家來。道君問曾有詞否。李云有《蘭陵王》詞。君云唱一遍看。李因奉酒歌云：「柳陰直。煙裏絲絲弄碧。隋堤上，曾見幾番，拂水飄綿送行色。登臨望故國。誰識。京華倦客。長亭路，年去歲來，應折柔條過千尺。閑尋舊蹤跡。又酒趁哀弦，鐙照離席。梨花榆火催寒食。愁一箭風快，半篙波暖，回頭迢遞便數驛。望人在天北。淒惻。恨堆積。漸別浦縈迴，津堠岑寂。斜陽冉冉春無極。記月榭攜手，露橋聞笛。沈思前事，似夢裏，淚暗滴。」歌竟，道君大喜。復召邦彥爲大晟樂正

按，《浩然齋雅譚》：宣和中，李師師以能歌舞稱時。周邦彥爲太學生，每游其家。一夕值祐陵臨幸，倉卒隱去。既而賦小詞，所謂「并刀如水，吴鹽勝雪」者，蓋紀此夕事也。未幾，李被宣唤，遂歌于上前。問誰所爲，則以邦彥對。于是遂與解褐，自此通顯。既而朝廷賜酺師師，又歌《大酺》《六醜》二解。上顧教坊使袁祹問，祹曰：「此起居舍人新知潞州周邦彥作也。」问「六醜」之義，莫能對。急召邦彥問之，對曰：「此犯六調，皆聲之美者，然絶難歌。昔高陽氏有子六人，才而醜，故以比之。」上喜，意將留行。且以近者祥瑞沓至，將使播之樂府，命蔡元長微叩之。邦彥

云：某老矣。頗悔少作。會起居郎張果與之不咸，廉知邦彦嘗于親王席上作小詞贈舞鬟，爲蔡道其事。上知之，由是得罪。師師後入内，封瀛國夫人。朱希真有詩云：「解唱陽關别調聲，前朝惟有李夫人。」即其人也。又按，曹良史《梅南叢語》謂邦彦以《蘭陵王》詞得罪。楊纘《紫霞偶筆》又謂師師亦以柳詞不得宣喚。《餘不谿二隱叢説》則謂邦彦《蘭陵王》詞，初别師師而作，其後以《少年游》詞遷謫，訖不克召還。周端臣《葵窗小史餘録》則謂邦彦柳詞别師師後寄與者，爲道君所見，因得召還。諸説互異，均與《貴耳集》所載不同。

秦觀《淮海詞·贈汴城李師師》調《生查子》云：「遠山眉黛長，細柳腰肢裊。妝罷立春風，一笑千金少。歸去鳳城時，説與青樓道。看遍潁川花，不似師師好。」

《墨莊漫録》：政和間汴都平康之盛，而李師師、崔念月二伎名著一時，李生門第尤峻。靖康中，李生與同輩趙元奴，及築毬、吹笛袁綯、武震輩例籍其家。李生流落來浙中，士大夫猶邀之，以聽其歌，然憔悴無復向來之態矣。

《葵窗小史餘録》：張子野贈李師師詞云：「香鈿寶珥。拂菱花如水。學妝皆道稱事宜。粉色有、天然春意。比似柳條眠未起。縱亂絲垂地。　都城池苑夸桃李。問東風何似。不須回扇障清歌，脣一點、小于朱蕊。正值殘英和月墜。寄此情千里。」後人因名此調爲《師師令》。

按，子野詞前段末二句作「蜀綵衣裳勝未起，縱亂霞垂地」。

劉子翬《屏山集·汴京紀事》云：「輦轂繁華事可傷，師師垂老過湖湘。縷衣檀板無顔色，一曲當年動帝王。」

聽鶯亭畔集嘅烏，攬月橋邊釣艇孤。聞説南湖多樂事，秋來還爲賞心無。

《武林舊事》：張約齋《桂隱百課》：「聽鶯亭在柳邊竹外。」又約齋《賞心樂事》：「正月攬月橋看新柳。」

薛夢桂《蓀壁瑣言》：「戚里鄭君光錫語余，往歲赴張功甫南湖園春燕，置酒聽鶯亭。亭外垂柳數十株。柔荑初緑。酒半出，家伎十餘輩，悉衣鵝黄宫錦半臂，并歌唐人《柳枝詞》，作貼地舞。歌竟，又易十餘輩，悉衣淺碧蜀錦裙，手執柳枝，唱名流詠柳樂府送客。諸伎籠鐙者以百計。」

孫鋭《耕閑偶記》：韓眕子眆《過張功甫園亭》云：「昨日送春春已去，柳絲無力倚東風。今朝攬月橋頭立，纔有飛花墮釣篷。」自注：「橋下小艇十數許，夏日，功甫令家姬操槳往來，柳陰中擲網爲樂者。」按，功甫《賞心樂事》中未詳此事。子畊有《蕭閑道人詩集》，聞未刊行。予所藏即其手鈔者，凡三卷。

霏霏涼露濕池臺，太息芳年去不回。記取總宜園内樹，也愁天外雁聲來。

《泛金谿漁詩·總宜園夜集》云：「花墮微風供几席，柳摇涼露濕池臺。」

《咸淳臨安志》：總宜園在斷橋路口，中貴張氏園。

《武林舊事》：總宜園，張太尉府。後歸趙平遠淇。今爲西太乙宫。

錢抱金《湖上名園記》：翁元龍《總宜園詩》云「此間不愧總宜名，山色湖光任雨晴。鴻雁一聲秋意慘，疏楊摇曳尚多情」。

秋老漁莊萬萬行，水西雲北盡蒼涼。泥人風味依然在，直送吟鞭過定香。

陳埴《分水退閑録》：「楊和王養魚莊在西湖南山路。水居十之七，亭館纔三分耳。臨水悉栽垂柳，殆近萬樹，一名漁莊。」

《武林舊事》：「養魚莊在柳洲楊郡王府。」

趙彦橦《寶慶集·七月三日同周晉仙鄭中卿游柳洲漁莊》云：「秋色到漁莊，垂楊萬萬行。沿流穿一棹，宛在水雲鄉。」

程珌《洺水集·三賢堂記》：乾道中，移三賢于水仙王廟東廡。雖摘取坡公詩配食水仙王之意，僾居廡下，慢賢滋甚。郡守袁韶搜得花塢一所，當蘇堤正中，建堂奉安。又創三堂，曰「水西雲北」，曰「月香花影」，曰「晴光雨色」。

《西湖游覽志》：「定香橋近赤山步，其水曲爲浴鵠灣。」

莫雨飄蕭水寺前，玉蛾狼藉不成綿。舞衫歌扇都抛却，舊日芳華已化煙。

《咸淳臨安志》：「聚景園，孝宗致養北宮，拓圃西湖之東。又斥浮屠之廬九，以附益之。清波門外爲南門，湧金門外爲北門，流福坊水口爲水門。」

《西湖游覽志餘》：延祐初，永嘉滕穆僑居臨安。月夜游聚景園，遇一美人，自言衛芳華，故宋理宗朝宮人。即命侍女翹翹設茵席酒果，歌《木蘭花慢》一闋云：「記前朝舊事，曾此地，會神仙。向月地雲階，重攜水袖，來拾花鈿。繁華總隨流水，歎一場春夢杳難圓。廢港芙蓉滴露，斷堤楊柳垂煙。兩峰南北只依然。輦路草芊芊。悵別館離宮，煙銷鳳蓋，波没龍船。平生玉屏金屋，對漆鐙無焰夜如年。落日牛羊壟上，西風燕雀林邊。」又賦詩云：「湖上園亭好，重來憶舊游。徵歌調玉樹，閲舞按梁州。徑狹花迎輦，池深柳拂舟。昔人皆已没，誰與話風流。」自是，白晝亦見生，遂攜歸寓所。下第後美人留翹翹使守舊宅，而身隨生歸里。凡三載，生復赴浙試，美人請與生往訪翹翹。至，則翹翹迎拜于路左矣。美人忽淚下云：「緣盡，當奉辭。」是夜鐘鳴急起，與生分袂，贈玉指環一枚而別。

慈明疏影曳宮簾，金縷曾牽玉手纖。想見倚香楊妹子，水蒲風絮畫秋奩。

陳隨應《南宋行宮記》：「繡香堂便門通繹己堂，重檐複屋，昔楊太后垂簾于此，曰慈明殿。」

趙與斤《借竹軒書畫評》：《楊妹子宮柳垂金圖》，上有茂陵御題。唐張祜詩云：「凝碧池邊斂翠眉，景陽樓下綰青絲。那勝妃子朝元閣，玉手和煙弄一枝。」後有「倚香樓」印。

按，《武林舊事·古都宮殿記》：樓有「倚香」「梳妝」等名。

謝夢生《雁宕山樵詩稿·題楊娃宮柳垂金圖》云：「鶯啼花落滿宮愁，柳色勾春綵筆收。省識畫圖人不見，年年空鎖倚香樓。」自注：楊娃，恭聖皇后之妹，居禁中倚香樓。嘉熙己亥，余赴行都，寓居金樞使冰壑秋聲館，主人出此索題，迄今己卯恰三十年矣。

按，《楊妹子春柳垂金圖》，今藏韓江江氏秋聲館，見《江氏書畫跋》。一圖，而前後藏弆之所同名，亦一奇也。

薛能《折楊柳》：「水蒲風絮夕陽天。」

濃緑陰中九曲城，廣陵應媿負佳名。十年豔説隋堤樹，争及重湖翠織成。

《武林舊事》：「錢塘門外有九曲城。」

施師點《與齋集·九曲橋看新柳詩》云：「又是傷春夢雨天，東風吹緑自年年。城闉無限新栽柳，已有輕陰覆畫船。」

傷心垂柳復垂楊，空有衰條拂水長。等待明年寒食節，映波橋上看鵝黄。

葉時《竹埜集·湖上秋柳詩》云：「垂楊復垂柳，秋老短長條。欲識銷魂處，棲鴉第一橋。」

《武林舊事》：蘇公堤第一橋，港通赤山教場。名曰「映波」。

自和十二首有序

柔兆敦牂之秋，予以試事浪跡西湖，舍於水磨頭，即白石老仙館，方氏故址也。於時堤柳始秋，依依向人，似欲訴其遲莫者，爰賦《秋柳詞》二十六絶句，中多借以詠懷古蹟，竊比白石「行人悵望蘇臺柳，曾與吴王掃落花」之篇。今年復因秋賦，留滯玉壺水口，去舊館道才如咫。攀條泫然，不勝江潭搖落之感。輒自追和十二章，宫商不高，未識可協諸樂句否？每艤舟於西泠雲樹間，哦詩吹簫，湖波遏響，蕉萃柳枝猶爲予作舞態，第恨無小紅低唱斯詞耳。元默困敦壯月哉生明萸汫楊鳳苞識。

吴文英《夢窗丁稿・三姝媚詞注》：「姜石帚館水磨方氏。」

按，兄撰《秋室薈蕞》云：白石生水磨頭寓居，見吴夢窗詞注。《咸淳臨安志》敘下湖水口云：一自水磨頭石函橋東。又載城外防虞諸隅云：水磨頭，錢塘隅汛地。卒原額一百二人，淳祐八年置。《夢粱録》：石函三閘在水磨頭。《武林舊事》敘水磨頭近石函橋，即今中龍閘之側也。《西湖游覽志》則名中閘爲澗水閘。以流水故，可作水磨。白石《湖上寓居雜詠》云：「湖上風恬月澹時，臥看雲影入玻璃。輕舟忽向窗邊過，摇動青蘆一兩枝。」又云：「臥榻看山緑漲天，角門長泊釣魚船。而今漸欲抛塵事，未了菟裘一悵然。」又云：「柳下軒窗枕水開，畫船忽載故人來。與君同過城西路，却指煙波獨自回。」《夢窗丙稿・賦姜石帚漁隱三部樂》云：「江鴟初飛，蕩萬里素雲，際空如沐。詠情吟思，不在秦箏金屋。夜潮上、明月蘆花，傍釣蓑夢遠，句清敲玉。翠罌汲曉，欸乃一聲秋曲。片篷障雨乘風，半竿渭水，伴鷺汀幽宿。那知暖袍挾錦，低簾籠燭。鼓春波，載花萬斛。帆鬣轉，銀河可掬。風定浪息，蒼茫外、天浸寒渌。」此詞亦指石帚館方氏時事。詳玩姜詩吴詞，寓居定是瀕湖，唯其居近西石頭石堤。「石帚」之號，竊意亦取諸此。證以《咸淳志》《夢粱録》《武林舊事》諸書，則水磨頭，即今中龍閘之側何疑。而《游覽志》則謂小溜水橋，俗稱水磨頭。其下爲棕毛場。或後來之水磨移于北，或别一水磨，必非石帚所寓之地也。又中閘之橋亦名溜水，《咸淳志》謂在羊坊巷北。羊坊巷者，宋時豢羊之所，有酒庫、瓦子在焉。其西爲古柳林，其南爲石函橋。田志因譌爲精進寺北、棕毛場南之小溜水橋也。中閘亦稱中龍閘者，以閘水所經之道，曲折如龍，故橋亦名「龍帶」。俗稱石函爲大閘，聖堂橋爲小閘，此閘居中，名中閘。《萬曆杭州府志》所謂三閘也。

羅大經《鶴林玉露》：姜堯章學詩于蕭千巖，琢句精工，有《姑蘇懷古詩》云：「夜暗歸雲繞柁牙，江涵星影鷺眠沙。行人悵望蘇臺柳，曾與吴王掃落花。」楊誠齋喜誦之。

《秋室萫蕞》：玉壺水口，宋時菩提院故址也。董嗣杲《西湖百詠引》云：在錢塘門外。東坡詠《南漪堂杜鵑花詩》即此。後爲《玉壺園詩》云「莫問南漪與玉壺，杜鵑還更試花無。坡仙一顧吟空老，地主頻更景不殊」是也。《咸淳臨安志》云：本鄜王劉光世園，後屬之臨安府守趙與簒，築堂四面。杜範有、趙山甫居玉壺，盡得湖山之勝。醉和其韻，詩景定閑。更隸修内司，又爲堂曰「明秀」。故《武林舊事》謂之御園。又志云：下湖其源出于上湖。一自玉壺水口，流出九曲，沿城一帶，至餘杭門外。一自水磨頭石函橋東，入策選鋒軍教場，經楊府雲洞北郭税務側合爲一流，如環帶然。有二斗門瀦泄之案。自白公筑堤捍湖截爲上下，其上湖水入下湖處，近玉壺水口。本上湖之支，經菩提寺後，所謂「流出九曲，沿城一帶」是也。水磨頭水口，即中閘口。經萬善橋下東注北行，合爲一流。時昭慶已廢爲教場，故曰入策選鋒軍教場。雲洞横亘昭慶之東北，直抵北關，故曰經楊府雲洞。二斗門者，玉壺水口閘中龍閘也。

陸友仁《硯北雜志》：小紅，順陽公青衣也，有色藝。順陽公之請老，姜堯章詣之。一日授簡徵新聲，堯章製《暗香》《疏影》二曲，公使二伎習之，音節清婉。堯章歸吴興，公尋以小紅贈之。其夕大雪，過垂虹賦詩云：「自琢新詞韻最嬌，小紅低唱我吹簫。曲終過盡松陵路，回首煙波十四橋。」堯章每喜自度曲，吹洞簫，小紅輒歌而和之。順陽公，即范石湖。

秋聲一夜到天涯，折盡長條古渡斜。最是客中看不得，曉風殘月冷棲雅。

《紫霞偶筆》：葉延年，吴興人。淳熙中官富陽主簿，嘗寓湖上雪江書堂，有句云：「一夜西風驚客枕，滿堤楊柳作秋聲。」胡賢良侊與之善，向予恒道之。

《西湖百詠引》：「西林橋，即古之西邨喚渡處。」

紛紛涼葉蘸涼波，掩映紅橋間緑莎。十二畫闌三萬樹，不知何處著秋多。

十二畫闌，謂蘇堤之六橋與裏六橋也。蘇堤之第一、第二、第四三橋。見前注。《武林舊事》：第三橋通花家山港，名曰「望山」。第五橋通麯院港，名曰「東浦」，北新路第二橋。第六橋通耿家步港口，名曰「跨虹」，北新路第一橋。《西湖游覽志》：楊公堤，知府楊孟瑛既開西湖，遂築此堤，俗稱裏六橋是也。然近北山三橋，宋時已有之。楊公所築，特南山三橋耳。惜乎其名不立，無以匹配蘇堤。今爲擬定之。第一橋，近净空院，玉泉之水出焉，題曰「環璧」。自此而西，可通耿家步。第二橋，金沙港之水出焉，題曰「流金」。自此而西，可通麯院路，游靈、竺者之所從停橈也。第三橋，地近龍潭，深黝莫測，有時祥光浮水面，蓋神物之所窟宅也，題曰「臥龍」。自此而西，可通茆家步。第四橋，遶丁家山而東，沿堤屈曲，蒼翠掩映，題曰「隱秀」。從此而西，可通花家山。第五橋，西挹高峰，橋畔舊有三賢祠在焉，題曰「景行」。從此而西，可通麥嶺路。第六橋，從定香橋而入，近發祥祠，虎跑、珍珠二泉之水出焉。其源長矣，非濬導不可，因題曰「濬源」。

按，郎瑛《七修類稿》云：裏湖，正德間知府楊孟瑛開，復一帶西岸亦築六橋。向聞于楊曰，南畔三橋可名爲「濬復」「濬源」「濬治」，北畔三橋可名爲「二龍」「流金」「涵玉」。據此，楊本立名，田志特易其四耳。

斜日瓏玲照眼明，絲絲無力綰春情。拍堤水漫西風急，併入中宵擫笛聲。

鮑雲龍《魯齋詩摘·湖堤秋日》云：「渚蓮汀蓼漸凋零，風柳傲傲護水亭。照眼湖光遮不住，恰當斜日影瓏玲。」

張林槫巖《旅吟西湖客舍作》云：「無端一夜西風急，楊柳蕭蕭水拍堤。」又《先得樓聞笛》云：「樓外誰家吹折柳，客心難遣是今宵。」

《前賢小集拾遺》：章甫《湖上吟》云「誰家短笛吹楊柳，何處扁舟唱采菱」。

平林歷亂亞西邨，一路疏陰接暗門。依舊訪秋鈿轂到，錦韉重拂雨絲痕。

《咸淳臨安志》：高宗紹興二十八年增築内城及東南之外城，附于舊城。爲門十三，西曰「清波」，俗呼「暗門」。

李廷忠《橘山甲乙稿・西湖紀游》云：「鈿轂轔轔訪早秋，柳絲低拂錦韉收。鏤金羅薄吹香細，手折柔條話舊游。」

羅願《爾雅翼》：「檉柳，一名雨絲。」

夜烏嗁處坼金槃，留與紅兜側帽看。何似白門風景地，澹煙流水六朝寒。

趙希述《西菴待定集・臨安故宫》云：「露冷燕支朝試馬，風疏楊柳夜嗁烏。」

王壽衍《谿月散人詩集・過宋大内尋需雲殿故址詩》云：「唯餘宫柳舒青眼，曾見金槃去漢時。」

瞿佑《存齋詩話》：「元廢宋故宫爲佛寺，西僧皆戴紅兜帽。故楊廉夫《宋故宫詩》用紅兜押韻。」

朱鼎孫《介亭舊話》：壺樵雲《鳳山遺宫詩》：「紅凋香怨那勝愁，零落宫簾不上鉤。柳色解知亡國恨，悽迷總似白門秋。」徐茝誾《龍池柳詩》：「故國淒涼見柳條，荒池落葉雨瀟瀟。傷心未及臺城種，閲盡興亡恨六朝。」二詩用意略同，調亦相似。壺名岻，烏程人；徐名應林，於潛人，咸淳四年進士。兩君皆志節之士，均與予善。

裙腰襯地管年芳，漾碧摇青耐已涼。近傍段橋彎似月，分明好鬥畫眉長。

《存齋詩話》：錢思復以《浙江潮賦》得名。起句云：「維羅刹之巨江兮，實發源于太末。」試官喜之，遂中選。蓋滿場無知羅刹爲浙江者。後作《西湖竹枝曲》云：「阿姊住近段家橋。」先伯元範戲之云：「此段家橋創見，却與羅刹江不同也。」蓋西湖斷橋，以唐人詩「斷橋荒蘚合」得名，亦謂孤山路至此而盡，非有所謂「段家」者。《西湖游覽志》：斷橋本名寶祐橋，自唐時呼爲斷橋。張祐詩云「斷橋荒蘚合」是也。豈以孤山之路至此而斷，故名之與？橋堤煙柳葱青，露草芊綿，望如裙帶。元時錢維善《竹枝詞》有段家橋之名，聞者以爲杜撰，然楊薩諸詩，往往亦稱段橋，未可謂無證也。

按，段家橋，已見《武林舊事》，其來久矣，非思復杜撰。瞿、田兩家紛紛致辯，皆傎也。

《松山小集・湖上偶吟》云：「瓜瓤湖中水，髻頭湖上山。斷橋似初月，與柳鬥眉彎。」

水雲瘦盡謾夸腰，畫舫笙歌久寂寥。落日斷霞高處望，意隨堤遠恨迢迢。

姜周京弁峰《秋吟蘇堤柳枝》詩：「眼青莎草暗，腰瘦水雲寒。」

李義山詩：「風柳夸腰住水邨。」

《咸淳臨安志》：王洧《蘇堤春曉》詩：「畫舫參差柳岸風。」

楊萬里《朝天集》：趙達明《太社于四月一日招游西湖》詩「畫舫侵晨繫柳枝」。

黃庚《月屋漫稿・西湖行春》云：「畫船無復沸笙歌，湖水年年自碧波。回首蘇公堤上柳，緑陰不似舊時多。」

吴惟信《鞠潭詩集・蘇堤清明即事》云：「日莫笙歌收拾去，萬株楊柳屬流鶯。」

《西湖游覽志》：湯益《西湖詩》「水浮亭館花間出，船載笙歌柳外移。」

按，二語亦見陳允平《西麓詩稿》，唯「移」作「行」，韻異。

義山《贈柳詩》：「橋迴行欲斷，堤遠意相隨。」

珠樓何處覓黃鸝，香月鄰空冷翠漪。一桁水心亭外影，倚闌猶弄玉參差。

陳孚《勿軒集・湖上感舊》云：「昔日珠樓擁翠鈿，女墻猶在草芊芊。東風第六橋邊柳，不見黄鸝見杜鵑。」

《都城紀勝》：「香水鄰在葛嶺，廖瑩中園，名藥洲園。後歸于賈氏。」

周密《癸辛雜識》：香水鄰，廖藥洲湖邊之宅。有世禄堂、在勤堂、懼齋、席説齋、光禄觀、相莊、花香竹色、紅紫莊、芳菲徑、心太平、愛君子。門桃符題云：「喜有寬閑爲小隱，羸將止足報明時」「直將雲影天光裏，便作柳邊花下看」「桃花流水之曲，緑陰芳草之間」。

按，文及翁本心有《香月鄰園》詩、阮秀實梅峰有《賦藥洲香月鄰》詩、周端臣葵窗有《廖氏香月園》調《瑶臺聚八仙》詞，均與耐得翁周公謹作香水者異。

《湖上名園記》：「裴園在小新路中，築水心亭于萬柳中，絶勝處也。」

秋光欲染水粼粼，修態依然鏡裏春。獨客撚枝無一語，張穠已嫁認前身。

樓采《頤軒集・游張氏真珠園詩》：「空亭斜照粼粼水，映澈秋光染柳梢。」

《磬沼集・柳影詩》：「屏上舞容猶百變，鏡中修態更横生。」

《湖上名園記》：張循王真珠園，有奎藻樓，藏御敕之所刊石者，皆高宗御書。

凡七通，悉貯樓下。其一爲循王妾章氏封咸寧郡夫人誥詞，有曰「朕眷禮勳臣，既極異姓王之貴；疏恩私室，并侈如夫人之榮。以爾芳和適性，修態横生」云云。紹興二十一年十月日。章氏，即張穠也。

按，厲鶚《南宋雜事詩》：「修態横生花誥筆。」此詞應是爲張穠注。但引周煇《清波雜志》，故作然疑之詞耳。又錢氏名園記自來藏書家槩未著録，無怪厲氏未之采輯也。予所見者，茅止生該博堂傳鈔本。

又按，紹興二十一年十月，時正高宗幸張俊第。有本家親屬推恩，中列妾咸寧郡夫人章氏。

王明清《玉照新志》：天台左譽與言策名之後藉甚宦途。錢塘幕府樂籍，有名姝張芸女名穠，色藝妙天下。君頗顧之，如「盈盈秋水，澹澹春山」與「一段離愁堪畫處，横風斜雨挹衰柳」及「帷雲翦水，滴粉搓酥」，皆爲穠作。當時都人有「曉風殘月柳三變，滴粉搓酥左與言」之對。後穠委身立勳大將家，易姓章，疏封大國。紹興中，因覓官行闕，暇日訪西湖兩山間。忽逢車輿甚盛，中睹一麗人，褰簾顧君而顰曰：「如今若把菱花照，猶恐相逢是夢中。」視之，乃穠也。君醒然悟入，即拂衣東渡，一意空門。

徐夢莘《三朝北盟會編》：「張俊妾張穠，錢塘名伎也。知書，嘗代俊文字，封榮國夫人，以爲繼室。嫌其同姓，遂改爲章氏。」

玉津花事半飄零，露葉如嗁晚更青。斜照只描紅樹影，不將金碧畫南屏。

《夢粱録》：「玉津園在嘉會門外四里。紹興間，北使來賀天申節，遂宴射其中。」

《咸淳臨安志》：「玉津園，紹興十七年建。」

章樵《樸邨詩集·過玉津園詩》：「垂楊冉冉籠清籞，細草茸茸覆路沙。長閉園門人不入，禁渠流出雨殘花。」

張翥《蜕巖樂府》：西湖泛舟夕歸，施成大席上以「晚山青」起句，各賦一詞，調《多麗》云：「晚山青。一川紅樹冥冥。正參差、煙凝紫翠，斜陽畫出南屏。」

妖韶風格世間稀，休與夷光較瘦肥。歌斷鞠花新曲破，吟鶯誦燕望春歸。

《白石丁稿·適安園賦柳》云：「一種妖韶出格姿，量肥較瘦遜西施。那知舞倦西風裏，欲騁纖腰力不支。」

《武林舊事》：永寧崇福園在小新路，一名小隱寺。本内侍陳源適安園，近世所歌《鞠花新曲破》之事，正繫此處。獻重華宫爲小隱園，孝宗撥賜張貴妃。翁孟寅《淮安雜録》：孫花翁《小隱園詩》「柳外細聽鶯燕語，聲聲似度鞠花新」謂陳源傷鞠夫人之事，托諸鶯燕，微婉可思。

青眼盈盈畫不如，淩波顧影渺愁余。目成應笑悲秋士，短鬢長條一樣疏。

秋崖《小集湖上詩》：「楊柳得春青眼舊，山巒留雪白頭新。」《柴氏四隱集》：柴望《西湖詩》「年年柳眼青歸處，門外游人可自閑」。何夢桂《潛齋集·杭州詩》：「相逢柳色還青眼，説著梅花總白頭。」

重和十二首有序

昔亡弟鳳擊箋予原詞序云：「感士不遇，托物寄興之作，無待於箋。其外言婉而多風，深有得於風人之旨者，或僅目爲流連光景，或又指爲愾歎古今，藉非箋之，終莫能得其解也。箋仿孔仲達《詩正義》體，凡三千餘言，毋疑辭費，欲俾後之覽者，知李長源寧止賦柳已乎！」惜弟没後，稿本悉佚，其序略能記省，今兩和詞，猶前志也，而重爲予作鄭箋者誰哉？人琴俱亡，有餘痛焉！録序於右，以見箋雖佚可以意得，而未箋者亦可悟異狀同所矣。元月丁酉朔，鳳苞書。

《陶靖節集》有《感士不遇賦序》略云：「昔董仲舒作《士不遇賦》，司馬子長又爲之。余嘗以三餘之日、講習之暇讀其文，慨然惆悵。夫導達意氣，其惟文乎！撫卷躊躇，遂感而賦之。」

李鄴侯家傳泌賦詩，譏楊國忠曰：「青青東門柳，歲晏復憔悴。」國忠訴于明皇，上曰：「賦柳爲譏卿，則賦李爲譏朕，可乎？」

《荀子・正名篇》：「物有同狀而異所者，有異狀而同所者，可別也。而爲異所者，雖可合，謂之二實；狀變而實無別，而謂異者，謂之化。有化而無別，謂之一實。」

芙蕖吹墮謝家船，堤樹重攀又六年。自與秋槐共零落，行人愁蹋故宫煙。

汪莘《方壺存稿・夏日西湖閑居詩》：「芙蕖零落謝家船。」

何士圭《蘿屋拙稿・重至臨安感賦》云：「宫槐御柳看零落，鳳輦龍舟想燕娱。淒絶盛時今不再，綺羅煙已化蘼蕪。」又《湖上寒食詩》：「鶯花春社雨，槐柳故宮煙。」

萬松金闕已無存，葉下寒潮夕到門。小隊紅羅人不見，數株空曳月黄昏。

高啟《缶鳴集》、李延興《一山文集》、張適《甘白先生集》，均有趙希遠《萬松金闕圖》詩。

葉杲《東山詩集·過古杭行宫遺址》云：「一派玉虹流恨色，萬松金闕起悲濤。衹餘宫畔無情柳，歲歲春風綰緑絛。」

《宋史·樂志》云：「女弟子隊，六曰采蓮隊，衣紅羅生色綽子，繫暈裙，戴雲鬟髻，乘綵船，執蓮花。」

剗盡煙根并雨條，木波遺恨最難消。何人更唱陽關曲，却遣飛花老北朝。

王執禮《竹寮瑣筆》：予與萬嘉愚公别十餘年，至元庚寅秋日，忽相遇于西湖僦舍，一餉即别去，賦柳枝詞贈予，云：「折贈征人事等閒，不須辛苦慘離顔。何如剗盡前朝樹，莫送金輿去不還。」予答之云：「禁柳蕭蕭故國秋，行人端不繫離愁。勸君莫折煙條盡，留得迎鑾拂采韝。」

《湖山類稿》：瀛國公入西域爲僧，號「木波講師」。

《水雲集·王清惠送汪水雲歸吴詩序》云：水雲留金臺一紀，琴書相與無虚日。秋風天際，束書告行，此懷愴然，定知夜夢先過黄河也。一時同人以「勸君更盡一杯酒，西出陽關無故人」分韻賦詩爲贈。清惠得「勸」字、陳真淑得「君」字、黄慧真得「更」字、何鳳儀得「盡」字、周静真得「一」字、葉静慧得「杯」字、孔清真得「酒」字、鄭惠真得「西」字、方妙静得「出」字、翁懿淑得「陽」字、章妙懿得「關」字、蔣懿順得「無」字、林順德得「故」字、袁正淑得「人」字。

漸覺酸風作意吹，柳洲東面已離披。三春尚號傷心樹，況在無眠不舞時。

李景文《東谷筆譚》：西湖北山有柳洲。南渡後自湧金門至錢塘門，沿城五里堤岸，遍插垂柳，故云。

元微之詩：「柳偏東面受風多。」

劉庭芝《公子行》：「可憐楊柳傷心樹。」

孫巖《爽山集·贈尋樂翁詩》：「風流不讓白香山。」原注：翁有《湖堤秋柳詩》云：「任使藏烏還繫馬，那堪不舞又無眠。」盛稱於時。

空林畫角不堪聞，遠近平蕪澹夕曛。顦顇休憐難寫照，宋家驢背故將軍。

梁簡文帝《折楊柳》云：「城高短簫發，林空畫角悲。」

錢惟善《江月松風集・晚雨過白塔詩》：「蒼苔門外銅鋪暗，細柳營中畫角傳。」

甘泳《東谿聆善録・孫艮山兵後至杭詩》：「宮柳漸看攀折盡，夕陽澹處見平蕪。」壬午春仲，余過湖上，兩堤楊柳樵蘇殆盡，吟孫詩，爲之泫然。

《宋史・韓世忠傳》：世忠屢抗疏，言秦檜誤國之罪。檜諷言官論之。世忠連疏乞罷，遂罷爲醴泉觀使。自是杜門謝客，口不言兵事。時跨驢攜酒，從一二奚童，縱游西湖以自樂，澹然若未嘗有權位者。

《西湖游覽志餘》：世忠解樞柄，消摇家居，常頂一字巾，跨驢周游湖山。纔以童史四五人自隨，渾跡樵漁，號「清涼居士」。好事者遂繪爲《韓王湖上騎驢圖》。

方回《桐江集・爲韓王孫亦顔題蘄王湖上騎驢圖歌》云：「取日虞淵戰臨平，鼓起金山麾伏兵。既不畫此背嵬軍陳形，國容貂蟬佩蔥珩，軍容金甲馬朱纓。又不畫此生面真儀形，昔王不肯專樞庭。清涼居士以自名，散遣萬騎遠屯營。獨控長耳游林坰，林間坐石樵叟争。不無醉尉呼夜行，孰識朱門抗旄旌。王孫妙手萬事輕，欲蹈箕潁遺浮榮。龔侯淡墨勝丹青，作此灞橋風雪征。龍變不測人中英，諦觀豈是寒書生。丈夫出處吾能評。不可長劍即短檠。得時用世身名亨，否哉履道幽人貞。亦顔用意何峥嶸，大司馬侃孫淵明。」

吴萊《淵穎集・題韓蘄王湖上騎驢圖》云：「西風泗水沈周鼎，淚濕吴天荆棘冷。黄河北岸旌節回，信誓如城打不開。沿邊撤備無人守，蟣蝨塵埃生甲冑。散盡千兵只童騎，餐來斗米空壺酒。西湖楊柳煙波寒，照見從前刀劍瘢。宫中孰與論頗牧，塞上寧知無范韓。事去英雄甘老死，此手猶能爲公起。勸人莫問故將軍，身是清涼一居士。」

寂寂花光晝不開，龍舟浪擁畫橋回。臨波近愛濃陰減，爲許驚鴻照影來。

《咸淳臨安志》：聚景園亭宇，皆孝宗御扁，嘗請兩宫臨幸。後光宗奉三宫。寧宗奉成肅皇太后，亦皆同幸。歲久蕪圮，今老屋僅存者，堂曰「攬遠」，亭曰「花光」，又有亭植紅梅。有橋曰「柳浪」，曰「學士」。皆羸見大概。

《雲泉詩集・聚景園詩》：「路繞長堤萬柳斜，年年春草待香車。君王不宴芳春酒，空鎖名園日莫花。」

《鞠磵小集・聚景園口號》云：「淺碧池塘連路口，澹黄楊柳護檐牙。」又云：

「游人難到闌干角，盡日垂杨覆御舟。」

《西湖游覽志》：聚景園有柳浪、學士等橋，今惟柳浪橋尚存，世稱柳浪聞鶯者是也。

趙克非《河畔老漁話舊瓦全王先生聚景園詩》云：「光堯與壽皇，昔者屢游幸。縟川騎服鮮，藻野宮妝靚。春池水鑑開，笑對驚鴻影。」末云：「不見兩河間，父老久延頸。仰望鸞旂回，呼蹕牟駝頂。」忠愛寓於諷諫，少陵變雅之遺也。

徐鉉《騎省集·柳枝詞》：「水閣春來乍減寒，曉妝初罷倚闌干。長條亂拂春波動，不許佳人照鏡看。」

月榭重呼鞠部頭，靈暉罷舞許柔柔。攀條莫悵年光晚，紅粉從來總怨秋。

月榭，已見原作第三首注。

《癸辛雜志》：思陵朝掖庭有鞠夫人者，善歌舞，妙音律，爲仙韶院之冠，宮中號爲鞠部頭。然頗以不獲際幸爲恨，既而稱疾告歸。宦者陳源以厚禮聘歸，蓄于西湖之適安園。一日，德壽按梁州曲舞，屢不稱旨，提舉官關禮知上意不樂，因從容奏曰，此事非鞠部頭不可。上遂令宣喚。于是再入九禁，陳遂感愴成疾。有某士者，頗知其事，演而爲曲，名曰「鞠花新」以獻之。陳大喜，酬以田宅金帛甚厚。其譜，則教坊都管王公謹所度也。陳每聞歌詠，淚下不勝情。未幾物故。

王士點《禁扁》：「南宋宫中殿有靈暉等名。」

《德壽宫起居注》：「淳熙三年八月二十一日，壽聖皇太后生辰，卯刻皇后先到宫侯駕到，至太上前殿起居，次至本殿。官家第一班、皇后第二班、太子并太子妃第三班，各上壽訖。太上邀官家至清心堂進泛索，值雨不呈百戲，依例支給。午初二刻，奏辦就本殿大堂面北坐。官家花帽上蓋，皇后三釵頭冠，并賜簪花。至五盞，并免大衣服，官家便背兒赴坐。第七盞，小劉婉容進自製《十色鞠》《千秋歲》，曲破，令内人郭瓊瓊、許柔柔對舞。上于閤子庫取賜五兩珠子，一號細色北段各十匹。太后又賜七寶花十枝、珠翠芙蓉緣領一副，并以瓊瓊、柔柔兩内人賜。官家上，再拜謝恩。又移坐靈芝殿有木犀處進酒。次到至樂堂再坐，更盡後還内。」

不見飛花語燕銜，小垂手處尚摻摻。憑君好付紅牙管，鐵笛吹愁未可芟。

《西湖竹枝詞集》：楊載云，西子湖邊楊柳花，隨風飄泊到天涯。青春遇著歸來燕，銜入當年王謝家。

《太倉稊米集·湖上戲題》云：「風前柳作小垂手，雨後山成雙畫眉。」

楊維楨《東維子集·謝吕敬夫紅牙管歌序》曰：「吕云，度廟老宮人所傳物也。滄江泰孃，蓋敬夫席上善倚歌以和余《大忽雷》者。故詩中及之。歌曰：『鐵心道人吹鐵笛，大雷怒裂龍門石。滄江一夜風雨湍，水族千頭嘯悲激。樓頭阿泰聚雙蛾，手持紫檀不敢歌。吕家律吕慘不和，換以紅牙尺八之冰柯。五絲同心結龍首，曾把昭陽玉人手。只今流落已百年，不省愁中折楊柳。道人吹春哀北征，宮人斜上草青青。吴兒木石悍不驚，泰孃若獨多春情，爲君清淚滴紅冰。』」

楊瑀《山居新語》：黄子久公望，自號大癡，吴人。一日與客游孤山，聞湖中笛聲。子久曰：「此鐵笛聲也。」少頃子久亦以鐵笛自吹下山。游湖者吹笛上山，乃吾子行也。兩公略不相顧，笛聲不輟，交臂而去，一時興趣又過于桓伊也。

左瀛《委羽續集·古杭寓樓夜聞鄰家吹笛》云：「夜半客窗聞折柳，旅愁如草那能芟。」

拂水春藏摇碧齋，白沙堤曲罥青鞵。誰言消受東風好，月澹煙疏儘自佳。

李忠定《梁谿集·張南仲置酒心淵堂值雨》云：「自別西湖日置懷，却因謫宦得重來。雲深不見孤山寺，風急難乘摇碧齋。」按，摇碧齋，當時湖船名。

毛奇齡《西河詩話》：杭州錢塘湖中有一堤，穿于湖心，作志者初稱白堤，後稱白公堤，謂白樂天爲刺史時所築。及讀樂天《杭州春望詩》有云：「誰開湖寺西南路，草緑裙腰一道斜。」則并非自築。蓋未有己所開堤，而反曰誰開者也。且詩下自注云：孤山寺路在湖洲中，草緑時望如裙腰。是必前有此堤，而故注以證己詩。其又非初開可知也。是以張祜詩云：「樓臺映碧岑，一徑入湖心。」其詩不知何時作，但樂天出刺杭州在長慶末，而陸魯望每推祜爲元和詩人，則此堤非長慶後所築斷可知矣。嘗考此堤名「白沙堤」。樂天《錢塘湖堤春行詩》云：「最愛湖東行不足，緑楊影裏白沙堤。」則意此堤本名「白沙」，或有時去「沙」字，單稱「白堤」。而「白」字恰與樂天姓合，遂誤稱「白公堤」。有時去「白」字，單稱「沙堤」。如樂天又有詩云：「十里沙堤明月中。」是一「沙」一「白」，遂多誤稱，而不知「白堤」不得稱「白公堤」，猶「沙堤」不得稱「宰相堤」也。

李衛《西湖志》：白沙堤。按，自宋咸淳時潛説友作《臨安志》，吴自牧作《夢粱録》，周密作《武林舊事》；明洪武時陳循作《寰宇通志》，成化中夏時正修《杭州府志》，俱稱孤山路。嘉靖中田汝成作《西湖游覽志》，萬曆中陳善修《杭州府志》，并失載孤山路，而白沙堤之名遂泯。至萬曆中，錢塘令聶心湯作《縣志》，從俗稱白公堤，而後之修志者咸指此堤爲白公所築。殊不知白沙堤之名已見于公詩，則白公之前，先有此堤矣。

鶯老花殘小劫灰，猶餘翠浪湧樓臺。酒人大有傷離處，怕見簾前掃緑苔。

邵桂子《雪舟麈譚》：樂笑翁《西湖送春詩》「柳彫花悴鶯無語，似歷華嚴小劫來」，與予詩「花開花落小桑海，燕去燕來閑主賓」同一意也。

王鎡《月洞吟·西湖詩》：「畫船歸處江湖夢，一半樓臺楊柳煙。」

宋慶之《飲冰詩集·西湖憶舊》云：「曾記紅樓夜半回，玉人行炙奉瑤杯。可憐重到珠簾畔，只有垂楊拂緑苔。」

樹影微茫漾落暉，關山秋望淚霑衣。折來苦憶他年別，萬里霜空一雁歸。

兄撰《秋室文録》，有《亡兄虚舟先生遺稿序》云：著雍之秋，先生省北垞舅氏于嚴陵，余送之錢塘湖上。時夕陰澄岸，商飈振林，黯然久之，各賦一詩爲別。越三月，先生始歸。撰《睦游草》一卷，詩益朗麗深華，風格視前爲一變。又亡弟蕢香庫詩集序》云：「往余應省選，旅杭之西籟僧房。錫朋將之甄胄，來湖上別余，留十日而發。」

按，《睦游草》有《湖上留別仲弟詩》云：「江外濤聲催客舫，湖頭柳色上征衣。」《蕡香庫集》有《寄秋室兄詩》云：「叢雁墮寒汀，髠柳摇沙嘴」，「昔年別君江漲橋，景况離離有如此」。

杜之松和衛尉干卿《詠柳》云：「高枝拂遠雁，疏影度遥星。」

任教抛擲自妍華，也傍青簾也帶沙。有客被他長繫住，落花飄盡不思家。

昌黎詩：「亭亭柳帶沙。」

宋慶之《飲冰續集・湖上偶吟》云：「楊柳繫人長作客，桃花照水不生波。」又《西泠送別》云：「楊花落盡客思家，櫂發西陵日已斜。」

三和二十首有序

元時《西湖竹枝集》，吾家鐵史首倡之。流布南北，和者百餘家。自明以來，好事者又采爲續集，而竹枝之聲大備。鐵史自序有曰：「一洗尊俎粉黛之習，道揚諷諭古人之教廣矣。審厥旨，歸體裁，具風雅之變，音節合劉、白之遺殊，有資於政教焉。予曩時作《秋柳詞》數十章，稍變柳枝之體，僅可比諸折楊皇荂娱説里耳，不若竹枝鋪敘風土，可備歌謡之采也。去年重過湖上，回憶前塵，不堪把翫，扁舟吴詠，興來曷禁。既而朋好燕游，繼聲競作，東棖西觸，咀雋含腴，秀絶鉤綿，情靈摇蕩，寫西泠之煙水，慨南宋之興衰，一角臨安，詞名其復盛乎。小樓聽雨，鐙炧柝殘，旁皇吟賞，更賦廿首，聊以荅諸君子。蓋竊取無言不讎之義，非敢希風説響，如鐵史之輯倡和也。乾隆五十有八年，歲在昭陽赤奮若，月在橘如丙寅朏，小玲瓏山樵記於采蘭之簃。

《西湖竹枝詞》一卷，元楊維楨首倡，和者總一百二十人。凡録截句一百八十九首。至正八年，自序續集一卷。國朝徐士俊野君、陸進藎思同，輯自瞿佑、沈周而下，録人凡二百四十六，録詩四百十四。

《東維子集·倡和竹枝詞序》：余閑居西湖者七八年，與茅山外史張貞居、苕谿郯九成輩爲倡和交。水光山色，浸沈胸次，洗一時尊俎粉黛之習。于是乎，有竹枝之聲。好事者流布南北，名人韻士屬和者無慮百家。道揚諷諭，古人之教廣矣。是風一變，賢妃貞婦，興國顯家，而列女傳作矣。采風謠者，其可忽諸。

何許關情駐曉驂，枝枝斜墮舊三潭。游人争戀湖頭好，不記西風滿漢南。

太白詩：「何許最關情，烏啼白門柳。」

《西湖志》：「東坡留意西湖，極力濬復，于湖中立塔以爲標表，著令塔以内不許侵爲菱蕩。舊有石塔三，土人呼爲三塔基。」《名勝志》云：「舊湖心寺外三塔鼎立，相傳湖中有三潭，深不可測，故建浮屠以鎮之。南宋舊圖，從南數，湖中對第三橋之左爲一塔，第四橋之左爲一塔，第五橋之右爲一塔。塔形如瓶，浮漾水中，所謂『三塔亭亭引碧流』是也。成化後毁，萬曆間濬取葑泥，繞潭作埂爲放生池。池外湖心仍置三塔，以復三潭舊名。月光映潭，分塔爲三，故有『三潭印月』之目。」又云：「聶心湯《錢塘縣志》稱，湖心寺外三塔，其中塔、南塔并廢。乃即北塔基建亭，名『湖心亭』。復于舊寺基重建德生堂，爲放生之所。」據此，則舊湖心寺，乃今之放生池。而今之湖心亭，乃三塔中北一塔之基也。

嫩寒似水雨如塵，誤認纔黄半未勻。昔日風光留不住，雙蛾老作捧心顰。

《德壽宫起居注》：「乾道三年三月十一日，車駕與皇后、太子過宫起居二殿訖。

先至燦景亭進茶，宣召吴郡王、曾兩府以下六員侍宴。同至清妍亭看荼蘼。就登御舟，繞堤閑游。太上倚闌閑看，適有雙燕掠水飛過，得旨令曾覿進詞，遂賦進《阮郎歸》云云。既登舟，知閤張掄進《柳梢青》云『柳色初濃，餘寒似水，纖雨如塵』云云。曾覿和進云云。各有宣賜。次至静樂堂看牡丹，進酒三杯。太后邀太皇、官家同到劉婉容位奉華堂。聽撥阮奏曲罷，婉容進茶訖，遂奏太后云，本位近教得二女童瓊華、緑華，并能琴阮、下棋、寫字、畫竹、背誦古文，欲得就納與官家。則劇遂令各呈技藝，并進自製阮譜三十曲，太后遂宣賜婉容宣和殿玉軸沈香槽三峽流泉正阮一面、白玉九芝道冠、北珠緣領道氅、銀絹三百匹、兩會子一百萬貫。是日，三殿并醉。」

胡仲弓《葦杭識小録》：乾道中，德壽劉妃以緑華、璚玉二内人進納壽皇。時，康伯可侍宴，獻《菩薩蠻》詞，有曰：「弱柳小腰身，雙雙蛾翠顰。」伯可雖以滑稽得幸，然應制歌詞敢作無禮之語，去郭舍人之「齧妃女唇甘如飴」者幾希矣。

《上若詩集·春日出游湖上》云：「花呈齲齒笑，柳效捧心顰。」

下鵠池荒采鷁稀，晚蒲蕭颯澹相依。陌花遺曲空悽惋，深院沈沈鎖版扉。

高似孫《疏寮小集·延祥觀詩》：「下鵠池深柳拂舟。」

鳳林書院元詞羅志仁「四聖觀」調《霓裳中序第一》云：「悵下鵠池荒，放鶴人遠。」又云：「凌波不見，但陌花遺曲悽怨。孤山路，晚蒲病柳，澹緑鎖深院。」

露條煙葉漸闌珊，翠館人歸夜正寒。月落平湖秋色遠，夢回幾度捲簾看。

高觀國《竹屋癡語》《解連環·柳詞》：「露條煙葉惹長亭，舊恨幾番風月。」

《蜕巖樂府·西湖泛舟》調《摸魚兒》云：「垂楊岸、何處紅亭翠館。如今游興全懶。」

《日湖漁唱·蘇堤春曉》調《探春》云：「篆冷香篝，鐙微塵幌，殘夢猶吟芳草。搔首捲簾看，認何處六橋煙柳。」

將黄映白轉茸鬌，欲挽年華恐未勝。移入蕭郎圖裏看，涼堂拔拂九枝鐙。

義山《柳下暗記》云：「更將黄映白，擬作杏花媒。」

唐彦謙詩：「垂柳碧鬌茸。」

葉紹翁《四朝聞見録》：孤山涼堂，西湖奇絶處也。堂規模壯麗，下植梅數百株，以備游幸。堂成，中有素壁四堵，幾三丈。高宗翼日命駕，有中貴人相語曰：

「官家所至，壁乃素邪？宜繪壁。」亟命御前蕭照往繪山水。照受命，即乞上方酒四斗。昏至孤山，每一鼓即飲一斗，盡一斗則一堵已成畫。若此者四畫成，蕭亦醉。駕至，則周行視壁間，爲之歎賞。知爲照畫，賜以金帛。蕭畫無他長，唯能使翫者精神如在名山勝水間，不知其爲畫爾。

《咸淳臨安志》：淳祐十二年，太史局奏太乙臨梁，益請用天聖故事建西太乙宫。有旨，從之。乃析延祥觀地爲宫，即涼堂。建殿曰黄庭之殿，其外爲景福之門。《武林舊事》：今黄庭殿，乃昔涼堂也。兩壁蕭照畫尚存。弁陽老人詩云：「蕊宫廣殿號黄庭，突兀浮雲最上層。五福貴人留不住，水堂空照九枝鐙。」

滿林無復坐金衣，罨畫湖山花信稀。尚愛緑卿好名字，只應西子聘爲妃。

陸魯望詩：「啼鶯偶坐身藏葉。」

楊慎《丹鉛總録・北齊劉逖詩》：「無由似元豹，縱意坐山中。」「坐」字甚奇。張説「樹坐參猿嘯」，杜甫「楓樹坐猿猱」「黄鶯并坐交愁濕」，又《巫山秋夜》「螢火飛簾疏，巧入坐人衣」，薛能「花闌鳥坐低」，皆出于逖。

陶穀《清異録》：王彪《臨池賦》云「碧氏方澄，宅龜魚而蕩漾；緑卿高拂，宿煙霧以參差」。

輭舞傞傞態尚狂，無端弄碧更吹香。風情謾説東坡老，剛道江邊別恨長。

張祜詩：「内人已唱春鶯囀，花下傞傞軟舞來。」

彭致中《鳴鶴餘音》：詹正《齊天樂・贈童甕天兵後歸杭》云「吹香弄碧，有坡柳風情，逋梅月色」。

東坡居士詞《行香子》云：「攜手江邨。梅雪飄裙。情何限、處處消魂。故人不見，舊曲重聞。向望湖樓，孤山寺，湧金門。尋常行處，題詩千首，繡羅衫、與拂輕塵。別來相憶，知有何人。有湖中月，江邊柳，隴頭雲。」

兩行秋壓夜潮降，落葉蕭蕭打水窗。舞雪空餘漁隱曲，洞簫吹徹不成腔。

《白石道人詩稿・湖上寓居雜詩》：「柳下軒窗枕水開。」

《白石道人詞・西湖》，調《琵琶仙》云：「千萬縷藏鴉細柳，爲玉尊起舞回雪。」

按：是詞題別本作「吴興」。

「漁隱」，見前自和序注。

繞堤煙冷水空明，瀋墨秋容淺畫成。憶得緑陰深似雨，紅船閒理玉鞾笙。

周密《絶妙好詞》：翁元龍《醉桃園·柳詞》「繞堤煙冷罩波明，畫船移玉笙」。又《懷西湖》調《風流子》云「天闊玉屏空。輕陰弄澹墨，畫秋容」。

《夢窗乙稿·豐樂樓》調《高陽臺》云：「修竹凝妝，垂楊駐馬，凭闌淺畫成圖。」

鳳林書院元詞趙文《劉氏園柳》調《瑞鶴仙》云：「緑楊深似雨。西湖上、舊日愁絲恨縷。」

朱彝尊《静志居詩話》：西湖船製不一，以色名者有鳴玉、鏘金、金勝、寶勝、大緑、間緑、游紅。申屠仲權詩「紅船撐入柳陰去」，釋道原詩「水口紅船是妾家」是也。

《絶妙好詞》：趙與仁《琴調相思引》云：「好天良夜，閑理玉鞾笙。」

《浩然齋雅譚》：李萊老《西江月詞》「更深猶喚玉鞾笙，不管西池露冷」。

風月錢塘不再逢，御園五樹已蒙茸。惜奴玉潤宜兒媚，秋到長門減舊容。

戴復古《石屏詞·寄豐宅之》調《賀新郎》云：「錢塘風月西湖柳。渡江來、百年機會，從前未有。」

《都城紀勝》：「新門外五柳御園。」

《咸淳臨安志》：「五柳園，在金剛寺北。」

吳震元《宋相服内東門司》：「淳熙十四年，準德壽宮提點傳太上皇帝聖旨：才人李氏、王氏，并放令逐便，其誥命四軸；并才人李氏從人，紅霞帔宣一十道。紫霞帔宣聽宣各二十道，并降付内東門司。才人李氏、王氏告，紅絲網鍍金銀鐸鈴、紅羅銷金袋全。齊安郡夫人、順政郡夫人告，紫絲網銀鐸鈴錦袋全。紅霞帔宣九道，李惜奴、陳來兒等；紫霞帔宣二十道，藍合兒、藍福福、陸小美、趙九孃、譚彊兒、譚小郁等；聽宣二十道，陸閏兒、元沖浄等。」

《隨隱漫録》：「會寧郡夫人、昭儀王秋兒、順安俞修容、新興胡美人、永陽朱福兒、資陽朱春兒、高安朱夏兒、南平朱端兒、東陽周冬兒、順政石潤兒、高平周賽兒、通化聞潤兒、潯陽陳宜兒。胡安化、沈咸寧、黄新平，皆上所幸也。初，東宮以春夏秋冬四夫人直書閣，爲最親王。能屬文爲尤。親王非以色事主，度皇亦説德者也。」

芳苑牆深曲曲環，可憐春老瘦弓彎。翠寒簾底笙歌歇，一任離人取次攀。

《白石道人詩稿・湖上寓居雜詠》云：「苑墻曲曲柳冥冥。」又：「輦路垂楊兩桁栽，苑門秋水欲平階。」

《西麓詩稿・登西樓懷湯損之》云：「楊柳飄飄春思長，緑楊流水繞宮墻。碧雲望斷空回首，一半闌干無夕陽。」

謝翺《天地閑集·陸叡退宫人》云：「東風二月垂楊柳，猶禁飛花入苑墻。」《咸淳臨安志》王希吕《湖山十詠》云：「雨挾東風作嫩寒，苑墻圍水柳藏煙。」《沈亞之集》：邢鳳帥家子，寓居長安平康里南。以錢百萬質故豪洞門曲房之第。即其寢而晝偃，夢美人授詩一卷。鳳發視，其首篇題曰《春陽曲》，詞曰：「長安少女翫春陽，何處春陽不斷腸。舞袖弓彎渾忘却，羅帷空度九秋霜。」鳳卒吟請曰「何爲弓彎？」曰：「妾昔年父母教妾學此舞。」乃起整衣張袖，舞數拍爲弓彎狀。既罷，即辭去，鳳亦尋覺。

李心傳《建炎以來朝野雜記》：「淳熙中，作翠寒堂于禁中，以日本國松木爲之。不施丹雘，其白如齒。」《武林舊事》：「翠寒堂，高宗以日本羅木建。前列古松數十株。」《南宋行宫記》：「以日本國松木爲翠寒堂，環以古松，碧琳堂近之。」《蕢洲漁笛譜》：宫詞調《少年游》云「花深深處，柳陰陰處，一片笙歌」。

林影參差水影交，幾番眠醒亂垂髾。夜烏嘑斷鶯無語，遮莫王孫柘彈抛。

黃昇《中興以來絶妙詞》：杜旟《湖上》調《摸魚兒》云「仇池仙伯今何在，堤柳幾眠還醒」。

劉光《曉窗吟卷・湖堤柳枝》云：「密葉陰陰漢將營，春風吹斷鼓鼙聲。少年不識封侯事，柘彈銅丸落曉鶯。」

按，是詩，《詩家鼎臠》作王輝《楊柳枝》。

依依殘照北山堤，馬尾青絲盡向西。零落舊時裙帶樣，飛來白鷺一雙棲。

《蛻巖樂府・秋日西湖泛舟》調《八聲甘州》云：「西泠橋外，北山堤畔，殘柳依依。」

庾信《楊柳歌》：「獨憶飛絮鵝毛下，非復青絲馬尾垂。」

《武林舊事》：「段家橋，萬柳如雲，望同裙帶。」

昔承瓊管奏芳妍，簇縷垂絲織禁煙。今日數莖零亂在，漁舟來檥水堂邊。

《武林舊事》：「天基聖節排當樂次上壽，第十二盞，觱篥起《柳初新慢》。再坐，第十六盞，管下獨吹無射商《柳初新》。」

周必大《二老堂雜志》：「淳熙七年三月十八日，車駕詣德壽宮，恭請太上皇帝、壽聖皇后，于是乘輿至大内，于凌虚閣下。三面設酴醿、牡丹花，皆層級高數尺；一面垂簾，設樂、酒三行。太上皇帝、壽聖皇后聯步輦以行。今上亦步輦從至翠寒堂。酒復數行，至水堂。中路石橋上，肩輿少憩，面對酴醿花架，高柳參天。酴醿引蔓垂梢而下，其長衮丈，芳菲照坐，馥郁襲人，上亦引滿勸酬者三。

輦路曾經拂翠華，兩朝宸賞最堪夸。西風不到行宫畔，猶倚春嬌玉座斜。

謹案《西湖志》，聖因寺行宫，康熙四十六年建。

《絶妙好詞》：譚宣子《詠柳》調《江城子》云「嫩黄初染緑初描。倚春嬌。索春饒」。

堤上年華换古今，月中雙笛訴秋心。休言春去餘多少，樹樹寒蜩作苦吟。

《蘋洲漁笛譜·秋日游西湖》調《秋霽》云：「年華易失，段橋幾换垂楊色。」

方勺《泊宅編》：楊蟠宅，在錢塘湖上。晚罷永嘉郡，浩然挂冠。每從親賓乘月泛舟，使二笛婢侑尊，悠然忘返。沈注贈一闋有曰：「竹閣雲深，巢居人闃，幾年湖上音塵寂。風流今有使君家，月明夜夜聞雙笛。」人咨賞其清逸。

《夢窗乙稿·思佳客詞》：「欲知湖上春多少，試看樓頭柳淺深。」

客來偏賞牡丹秋，那識柔枝解繫愁。我過蘇堤約漚鷺，一林黃落共句留。

陳造《江湖長翁集・四月望再游西湖》云：「春光陸續委東流，看到湖邊安石榴。更與蘇堤漚鷺約，辨舟來賞牡丹秋。」自注：俗目芙蓉爲秋牡丹。

淒清盡入老蓮詩，平渚閑波異往時。回首日斜歸鳥外，六橋行過更遲遲。

陸次雲《湖壖雜記》：兩堤垂柳，余幼時及見其盛。明鼎移時，皆罹翦伐。陳洪綬曾寫一圖，自題其上曰：「外六橋頭楊柳盡，裏六橋頭樹亦稀。真實湖山今始見，老遲行過更依依。」若幸之而實惜之也。每放步其間，不勝張緒當年之想。《梅谿詞・湖上即席分賦得羽字》調《齊天樂》云「芳游自許過柳影，閑波水花平渚」。

書生自昔誤青袍，彈指三年幾枉勞。若供棗糕衣可染，不辭九日祀花糕。

《武林舊事》：「重九，都人飲新酒，泛萸，簪鞠。各以鞠糕爲饋，以餹肉秫麵雜糅爲之。上鏤肉絲鴨餅，綴以榴顆，標以綵旗，又作蠻王獅子於上，及糜栗爲屑，合以蜂蜜，印花脱餅，以爲果餌。」

灞岸年來定有無，永豐西角已全枯。春鐙聽雨吟秋柳，夢斷香銷憶玉壺。

按，兄撰《秋室詩録》，有《湖樓雜詩十二首》，中云：「垂楊藏水樓，樓外練影挂。」又：「前廛玉壺口，觸景悲逝泉。」又：「旅館近漸洳，苔痕上人衣。」又：「此間差可樂。」雅宜題是，亦皆元默困敦之歲，玉壺水口寓居作也。

西湖竹枝詞

〔清〕陳璨 撰

出版説明

陳璨，字開緒，號倥侗，清中期泰州（今屬江蘇）人。史料中，有關其生平的記載頗爲簡略。據書前韓襲祥序言可知，陳氏出身世家而科場蹭蹬，乾隆間成爲貢士，後遂游山玩水及閉户著書，所謂「陳君倥侗，以王、謝世家，淡於榮遇，閉户著述而外，好爲山澤之游，奚囊所積，珠玉焕焉」。除了本書外，還著有《半芥山房初稿》四卷、《雲樹初集》一卷、《崆峒詩鈔》一卷、《西泠游草》一卷、《西湖竹枝詞》一卷以及《餘杭覽古詞》一卷。

雖然陳璨爲江淮地區人士，但從其著述書名中即可見其與杭州有著極深的淵源，《西泠游草》《西湖竹枝詞》以及《餘杭覽古詞》均是他游覽杭州地區所作的詩詞作品。他在《西湖竹枝詞》開篇即記述了自己游歷杭州的經過以及創作該書的緣由：「先大父奉政公宦游斯地，寄興湖山，解組後，輒津津舉其勝以示璨，竊聞而慕之。迨今庚寅春，始偕任子鋤雲、徐子石亭泛舟湖上。流覽之餘，於風土人情，得其大概。而唐宋以來古迹遺聞，尤不能無動於中，不覺伸紙直書，以紀一時游興。」庚寅年即乾隆三十五年，這一年陳璨攜友人任鋤雲、徐石亭首次游覽西湖，歸後便刊刻了自作的《西湖竹枝詞》一百首、《餘杭覽古詞》五十首，可見杭州風土人情對其觸動之大。

《西湖竹枝詞》繼承了劉禹錫、楊慎創作竹枝詞的傳統，强調描繪風土人情，追求意境樸野活潑，反對以往所作此類作品之字詞矯揉修飾、意境艷冶纖靡，所謂「顧其間樽俎粉黛之習，多未能洗。衆音繁會，往往流爲綺語纖詞，幾與子夜讀曲相類，而古意寖失矣」。正是陳氏這一創作主張，使《西湖竹枝詞》其詩歌和詩後小注中保留了不少鮮活的史料和珍貴的逸聞，對後人了解西湖乃至杭州的風俗民情頗有裨益。例如，所作竹枝詞第七首記載了其時杭州養蠶的風俗：「蠶娘辛苦在三春，膏沐何曾一日親。户户門黏紅帖子，東西竟斷往來人。」小注云：「越中婦女飼蠶爲業，人家門首黏紅紙帖，書『蠶月免進』，雖親友亦不得過問。」第二十首記載了清代杭州的飲食習慣：「清明土步魚初美，重九團臍蟹正肥。莫怪白公抛不得，便論食品亦忘歸。」小注云：「土步形似河豚，以清明前出網爲佳。湖蟹秋日最肥美。」這些記載在史料中都是極爲珍貴的。

如前所述，《西湖竹枝詞》在陳璨游覽的當年即開雕，不過刊成後不久即書版即被焚燬，次年即乾隆三十六年（一七七一）陳氏再次醵金刊刻。然而兩次刊刻流傳不廣，刻本存世不多。光緒間，丁氏在編刻《武林掌故叢編》時將該書收入，是目前較爲常見的版本。本次整理，即據《武林掌故叢編》本予以標點整理。因水平有限，書中訛誤在所難免，懇望讀者不吝批評指正。

點校者

甲辰白露於火藥局舊址

序一

西湖名勝，甲於寰區。有唐以來，學士大夫游於此者，類多著於詩歌，以傳咏其概。陳君倥侗，以王、謝世家，淡於榮遇，閉户著述而外，好爲山澤之游，奚囊所積，珠玉焕焉。余讀其所著《西泠游草》，蘊借瀟灑，風格遒上，深歎其胸中卷軸之富，抱負之宏，又湖山靈秀之氣之有以相助也。兹君養疴珂里，手出《西湖竹枝詞》百首相質，蓋君於芒鞋竹笠，選勝搜奇之餘，舉所爲景物變態，風俗异宜，與里諺風謡之足資采擇者，胥付之微吟低唱之中矣。余惟西湖之勝，跨六橋，連十景，襟山帶郭，氣象萬千，未易更僕。數游其地者，往往命酒船，挾歌妓，紅牙象板，喧沸中流，未嘗不題名僧寺，覓句旗亭。問其所得，不過舉柳耆卿「三秋桂子，十里荷花」以爲心賞而已。是其於湖山面目尚未及窺，又何暇以瑣聞軼事，争相考覈耶？抑余觀《西湖竹枝》之作，自元人諸什而外，如吴彦章、鄒彦吉、邢士登、張翔南、朱元素諸先生句，皆嘖嘖可傳。而吴吏部藥師先生五首，尤深得唐人回波之意。觀君斯集，鏤玉雕瓊，多多益善，益令人有觀止之歎矣！是爲序。乾隆歲在重光單閼嘉平月，長洲同學弟韓襲祥題於吳陵學舍。

序 二

鴛飛一處，曾傳鐵笛之歌；鶯囀千聲，總是玉臺之體。郎如峰影，夜夜飛來；妾住湖干，朝朝逢著。欲作變風婉轉，適成夢雨荒唐。則有東海俊人，西湖雅調。模山範水，自多謝客之情；弄月吟風，大有逋仙之趣。桑雲染緑，風俗能通；梅雨飄黄，歲時有紀。况乃鳳山月冷，愴情南渡宫花；龍井泉清，會意東坡詩草。岳少保同于少保，風雨皆靈；南高峰對北高峰，烟霞俱古。詞無取乎鞶帨，義有繫於輶軒。七字吟成，瀉出三潭荷露；百篇賦就，吹來九里松濤。掣碧海之鯨，堂堂不唱；聽青霄之鶴，小小誰呼。風土銓衡，寓鐸鈴於歇後；雲山韶濩，洗筝笛於從前。應賡黄竹之謡，試唤白花之夢。東臺社弟孫喬年拜題。

題辭

越州形勝，問誰能、解識民情風土。畫舸香車，紛似水、無限騷人游女。太息山靈，聊供嬉戲，此意原非古。傳聞採遍，羨君獨領真趣。遥想蘇、白當年，尋花載酒，多少風流處。自古滄桑容易變，贏得悲凉無數。百尺雄才，千秋知己，別有閒情緒。湖山風物，一時都入毫楮。三原弟梁彦術拜填《百字令》。

西湖竹枝詞

考《竹枝詞》，劉禹錫謂爲巴歈，音協黄鍾羽，末如吴聲，故吴人多效之。自楊廉夫創爲《西湖竹枝》，和者百二十人。其後瞿宗吉、沈啓南輩皆爲之。徐野君編《續集》，又得四百餘首，所以紀風土、狀人情者蓋詳。顧其間樽俎粉黛之習，多未能洗。衆音繁會，往往流爲綺語纖詞，幾與子夜讀曲相類，而古意寖失矣。先大父奉政公宦游斯地，寄興湖山，解組後，輒津津舉其勝以示璨，竊聞而慕之。迨今庚寅春，始偕任子鋤雲、徐子石亭泛舟湖上。流覽之餘，於風土人情，得其大概。而唐宋以來古迹遺聞，尤不能無動於中，不覺伸紙直書，以紀一時游興。就中或似詩，或不似詩；或可以詩，或可以無詩，聊與樵唱漁歌，同鳴天籟。若昔人所傳靡曼之音，則未敢效顰也。黄九煙先生詩云：「競向西湖咏竹枝，廉夫可是殢情癡。我來耻和儂郎句，要唱江東鐵板詞。」殆先得我心也夫。

聖因寺對大湖開，古佛無言坐講臺。金碧重重春水映，萬年帝德仰崔嵬。

聖因寺，本聖祖仁皇帝行宮，雍正年間改爲寺，賜今名。有萬歲樓、澄觀堂、光碧亭、雲岫閣、渟泉諸勝。

吴山越水翠華巡，瀲灩湖光總是春。籠罩慶雲常五色，天章爛熳勒貞珉。

湖山名勝，今上御製題咏甚多，恭勒穹碑，使草茅愚賤咸得瞻仰云。

麥要晴乾蠶怕寒，暖風吹送鳥關關。湖中三日催花雨，天竺觀音又下山。

天竺觀音，杭郡雨暘司命。凡有祈禱，大吏迎法像入城，暫駐海會寺。事畢，鼓吹送還。此風宋時已然。

梵宇莊嚴占翠微，千家粒食養緇衣。晚來湖上孤帆影，認得僧船打飯歸。

西湖梵宇最多名山，食指咸仰給於城中盞飯。靈隱打飯僧數十人，當夕陽西墜，獨張帆順流而歸，其餘湖船，則惟資篙櫓云。

不栽洛下牡丹芽，不種揚州芍藥花。千頃膏腴一犁雨，春來遍地是桑麻。

湖上園亭，樹桂、梅、桃、柳居多，松、竹則本山所產，不待種也。舟入越境，河干兩岸麥壟、桑林亘延數百里，令人作桃源之想。

行過九溪十八澗，恍似山陰道上回。理安寺前逢老衲，笑問客從何處來。

理安寺在萬山中，溪壑秀美，有九溪十八澗之勝。

蠶娘辛苦在三春，膏沐何曾一日親。户户門黏紅帖子，東西竟斷往來人。

越中婦女飼蠶爲業，人家門首黏紅紙帖，書「蠶月免進」，雖親友亦不得過問。故青丘有「東家西家罷來往」及「頭髮不梳一月忙」之句。

三春三竺説燒香，香市真成熱鬧場。水月無心觀自在，應開慧眼笑人忙。

三天竺在北高峰下，三寺相去里許，皆極宏麗。大士寶相，各有化身，不相襲也。由下竺而進，夾道溪流有聲，所在多山橋、野店。方春時，鄉民扶老携幼，焚香頂禮，香車寶馬，絡繹於道。更有自遠方負擔而至者，總名曰「香客」。

馬塍紅紫競春纖，摘滿筠籃露尚霑。十里畫樓臨水次，賣花聲裏卷珠簾。

東、西馬塍在錢塘門外，土細宜花。當春時，園丁採名葩叫鬻。曉鏡開奩，朱樓搴箔，千紅萬紫，都向玉人頭上嬌矣。

春來煙柳碧參差，又爲夷光染黛眉。想到吴宮歌舞倦，微顰多在捧心時。

西湖在元、明時屢遭兵燹，柳枝伐盡，時人云：「西湖無柳，如美人無眉。」今則萬縷千條拂玉塘矣。

國色天香聚此鄉，牡丹不是百花王。昨朝我拜花神廟，八月多添一瓣香。

湖鄉蓉桂極盛，桂有大數圍者。放生池芙蓉尤多，惜余游當春日，未得於花時把酒也。李宮保祀十二月花神於湖山神廟，衣飾各以其月之花別之。

五夜花燈滿市門，展期人頌越王恩。苦教冠巷諸年少，不愛收魂愛放魂。

宋時張燈，元夕前後三夜。錢王納土獻錢，展期至十八。壽安坊舊名冠巷，至衆安橋爲燈市，少年游冶翩翩徵逐，謂之「放魂」。至落燈後，各務其業，謂之「收魂」。

瑪瑙寺依瑪瑙山，經房闃寂晝常關。若果山中多瑪瑙，寺門焉得有苔斑。

山舊出瑪瑙石，故名。山下有瑪瑙寺，旁列經市，曰「經房」，地闢人稀，游屐不常至也。

抉目還留死後忠，吴山千古屬英雄。至今真氣難銷歇，白馬銀濤到越東。

吴山即古胥山，英衛公廟在焉，俗稱伍公廟，祀吴行人伍子胥。兩廡附祀掌潮神祇。

焚餘詩是步虚聲，情字分開記小名。我輩鍾情空即色，桃花影裏唤卿卿。

小青實無其人，《焚餘詩》亦不知出何人手，蓋與《會真記》略同。然《離騷》二十五，多屬寓言，其一種哀感頑艷，不妨認假成真也。「夕陽一片桃花影，知是亭亭倩女魂」，即所傳小青句。

翠袖紅裙服色新，風前裊裊更娉娉。滿頭珠翠渾閒事，不及眉心一點青。

杭城游女多翠衫紅裙，更裁紈綺作燕尾狀以覆額，即古眉心舊製也。

南山雲接北山陰，環珮相攜出柳林。撲蝶探青兼鬥草，一春忙煞女兒心。

中和節後，已有出郭探青者。二月半爲花朝，有撲蝶會。閨人春日喜爲鬥草之戲。柳林，在錢塘門外。

靈石塢中少人行，但聞樵斧聲丁丁。晚來踏月下山去，一路野花相送迎。

靈石塢路最深窈，游人罕至，惟樵子往來。元時西湖十景，有「靈石樵歌」之目。

春樹枝枝染綠雲，瓣香我幸揖清芬。宋家尺土歸烏有，留得孤山處士墳。

處士墳在孤山放鶴亭畔，題「宋處士林逋之墓」。山中松柏甚多，古梅少有存者。點綴冰花，補苴玉樹，願再有余謙、張鼐也。

清明土步魚初美，重九團臍蟹正肥。莫怪白公拋不得，便論食品亦忘歸。

土步形似河豚，以清明前出網爲佳。湖蟹秋日最肥美。香山有「未能拋得杭州去」之句。

堤草青青走鈿車，波光柳色碧交加。未容西子能相比，認作仙人蕚緑華。

湖上春來，萬緑葱蒨，與碧波相映，固不止裙腰一道也。

有客同參玉版禪，雲棲蔬笋妙烹鮮。新茶採得真龍井，明日虎跑來汲泉。

雲棲寺乃蓮池大師道場，地多竹，不減渭川千畝。當春時，笋味絶勝。老龍井茶，作豆花香，爲絶品，真者最難得。虎跑泉爲杭郡五聖水之一。

石佛禪林近裏湖，長堤煙柳舊名蘇。門前千頃玻璃軟，沙鳥風帆活畫圖。

大佛頭，土人呼爲大佛寺，又曰石佛禪院，在寶石山麓。相傳爲秦皇纜船石。宣和中，僧思净就石鑿像，僅及肩而止。湖面寬約十里，新舊六橋相間，故以裏外别之。門外長堤，東坡所築，湖水淪漣，前人有「軟玻璃」之稱。

濠上觀魚樂可知，玉泉今不減當時。游人照影輕漣白，都唱娵隅竹垞詞。

玉泉在清漣寺内，甃石爲池，方廣三丈許，水清可鑒。中畜五色魚，浮沈上下，投以香餌，則揚鬣而來，有相忘江湖之適。朱竹垞《玉泉觀魚》詞，調寄《玉人歌》。

楚館秦樓近白沙，勾欄自昔競豪華。美人一去春風冷，半屬僧寮半酒家。

白沙堤之東，瀕湖有秦樓，本豪家別館，以貯嬖妓。或云，即南渡時花魁娘之勾欄院也。今爲漱石居。僧舍其旁，舊有水明、鏡湖二酒樓，余南游時寓此。

流觴愛向水之涯，爲僱湖船典玉釵。笑問薺花開也未，兒家新上踏青鞋。

杭俗：三月三日，上踏青鞋，男女皆戴薺花。諺云：「三春戴薺花，桃李羞繁華。」

和議盟成願已償，湖山幾暇盡徜徉。官家愛喫鮮魚汁，玉敕傳宣宋五娘。

南渡時，汴京細民妻宋五娘僑居湖上，能調魚羹，名徹禁中。高宗嘗詔至御舟供奉。

葛洪丹井久銷沈，龍杖高飛石竇深。何處別尋修綆汲，嬰兒姹女在吾心。

抱朴子煉丹井，在龍井山上。

風風雨雨惜春還，姹紫嫣紅已盡删。遥指南屏峰下路，阿誰染就米家山。

湖樓雨中望南屏一帶，如見襄陽畫圖。

火燒未了雷峰塔，古色斑斕夕照前。辛苦妖姬常地下，金牛水涸是何年。

南屏山下有雷氏別業，峰以此得名，塔即以峰名名之。一曰黄妃塔，錢王後宮所建也。或曰本名回峰，以山勢回抱得名。按，《六書正譌》，「雷」古作「回」，小篆加「雨」以別之，「回」「雷」固可通用也。旁有白蓮寺，嘉靖時燬於火，塔巋然獨存。諺有「火燒雷峰塔」語。塔凡五級，煅作紺碧色，藤蘿牽蔽，古意可掬，昔人比之醉翁老衲。林逋詩云：「夕照前村見。」故十景有「雷峰夕照」之目。相傳有白蛇、青魚兩怪，幻爲女子惑人，遇高僧鎮之塔下，約湖水乾，方許出。西湖一名金牛湖，漢時有金牛現，故云。

辛苦朝雲葬粤東，羅衣不復舞春風。樽前莫度傷心曲，芳草天涯恨未窮。

朝雲，錢塘人。侍坡公於惠州，聞落葉聲，公有悲秋意，命雲歌以自遣。忽泪下不能成聲，公問故，答云：「妾所傷心者，是『枝上柳綿吹又少，天涯何處無芳草』也。」公笑曰：「我方悲秋，爾又傷春矣！」遂罷。雲不久卒，公終身不復聽此詞。

瀟灑高風説寓林，肯從宦海久浮沈。溶溶春水浮梅檻，林嶼烟霞供朗吟。

黄汝亨，字貞父，萬曆間歷官部郎。謝病歸，結廬南屏小蓬萊，題曰「寓林」。有《寓林文集》行世。嘗以巨竹爲桴，編篷屋，浮湖上，名曰「浮梅檻」。自書柱聯云：「指烟霞以問鄉，窺林嶼而放泊。」

西湖湖水百泉歸，三邑田疇灌漑肥。莫把西湖比西子，沼吳霸越事全非。

西湖百泉所瀦，雖旱歲不竭，仁和、錢塘、海寧三邑農田、商舶，皆賴此水。東坡有「欲把西湖比西子」之句，特反其意，以見西湖之利。

百八煙鐘夜自撞，五更清聽客心降。十年不作邯鄲夢，一任清音入旅窗。

湖山鐘鼓，早晚皆聞，庸愚唤醒有幾人哉？爲之三歎。

冰雪襟懷冷最真，誰能不愛暖風薰。我來指點粼粼水，却想林和靖一人。

冷泉在雲林寺前，飛來峰下。「暖風薰得游人醉」，昔人湖上句也。

朦朧殘月影參差，春柳梢頭落最遲。愛煞曉鶯啼夢破，紗窗剛及畫眉時。

柳浪橋，宋時在清波門外聚景園中，今已無考。蘇公堤桃柳夾道，春時晨光初啓，翠浪翻空，黄鳥睍睆其間，與畫舫笙歌相答。御題西湖十景，一曰「蘇堤春曉」，三曰「柳浪聞鶯」，今合而言之，覺天下三分春，二分應在西湖矣。

丁家山對花神廟，外六橋通鄂國墳。相約明朝探春去，畫船齊出涌金門。

丁家山，彭城李宫保撫浙時所開。花神廟，亦李建。蘇堤六橋，南自南屏，北接岳廟。正德間，知府楊孟瑛浚湖於西岸，亦築六橋，故有裏外之别。杭城傍湖三門，曰「清波、涌金、錢塘」，涌金介南北之中，湖船咸泊焉。

雲林書記老袈裟，投贈封題穀雨茶。怪底山僧風味別，焦岩黃海舊爲家。

天都佛基上人，幼從焦山出家，今在雲林掌書記，性樸直，能詩，善隸書。贈予新茶四器，汲冷泉烹之，不減清風兩腋也。

五百西方古應真，小乘四果豈紛綸。聽來獅吼輪常轉，金碧輝煌只一人。

震旦所稱十六阿羅漢，著於諸經，而坡公作贊頌皆云「十八」，貫休畫本亦然。大論則又云：「五千羅漢，其力最大。」殆所謂示權變法，不以數稽者耶。坡公作《薦誠院五百羅漢記》，謂僧應言始造於錢塘，然則杭之有此，其來久矣。今雲林、净慈兩寺皆有之。揆諸大論所傳，才十之一耳。梵力圓成，豈復有我、人、衆生、壽者相，則五百不爲多，十六不爲少也。《法住記》謂，自小乘進於四果，方爲之羅漢。又《楞嚴經》，富樓那言助佛轉輪，因獅子吼而成阿羅漢云。

斜陽鼓棹入西泠，放鶴亭空倚翠屏。愛煞逋仙詩句好，晚山濃似佛頭青。

游孤山者，必取道於西泠橋。放鶴亭在山麓，林君復有「湖水净於僧眼碧，晚山濃似佛頭青」之句。

禁煙時節響餳簫，處處檐牙插柳條。買得瓜皮携酒榼，紛紛摇過段家橋。

杭俗，清明上冢，南北兩山間舟車闐集，人家插柳滿檐，男女咸戴之。諺云：「清明不戴柳，紅顔成皓首。」瓜皮，小艇也。見廉夫《竹枝詞》。

汴水宫墻緑草肥，西湖歌舞竟忘歸。可憐一點新亭泪，却在崖山宰相衣。

宋南渡時，君臣游宴，無復作新亭之泣者，「錯把杭州作汴州」之詩所以作也。帝昺在崖山，陸秀夫正笏如立治朝，但泪沾襟袖耳。

碧水光澄浸碧天，玲瓏塔底月輪懸。冰壺抱影驪龍睡，九顆明珠夜夜圓。

石塔高五六尺，形如葫蘆，空其中，各有三孔通於外，鼎足立水中。秋月映潭，塔下各有三月影，故有「三潭印月」之目。在湖中放生池前。

青葉行開桑已齊，桂鈎竹筥各分携。儂家自有攀條法，不要三郎緑騍梯。

杭地多桑林，樹矮於屋，枝可仰攀，間有高樹，始梯取之。春時，開青葉行鬻桑葉者，有牙儈評其值。唐明皇命宫人立馬上，就樹取花果，名曰「緑騍梯」。

海棠欲作召棠看，一語能令賊膽寒。却笑正平撾鼓後，不教黄祖討曹瞞。

羅隱謁吴越王，以《過夏口》詩獻云：「一個禰衡留不得，思量黄祖謾英雄。」王大笑，表爲錢塘令。朱温篡唐，隱説王起兵討賊。令錢塘時，手植海棠於署。王元之詩云：「江東遺迹在錢塘，手植庭花滿縣香。若使當年居顯位，海棠今日是甘棠。」

西湖只説雨晴宜，何事偏忘看月時。夜静湖心亭上望，水晶盤涌碧玻璃。

四月初九夜，同任子、徐子并沅、濂兩兒小舟泛月，至湖心亭，風静雲開，水天一色，如置身瓊樓玉宇，不復知爲人間世矣。

清波門外錢王廟，湖水難忘舊日恩。保障東南功不細，閉門天子起雙門。

表忠觀在清波門外，土人呼爲錢王祠。當錢唐五代時，王有保障東南之功。貫休投詩，有「一劍霜寒十四州」之句。

六月荷花香滿河，紅衣緑扇映清波。木蘭舟上如花女，採得蓮房愛子多。

西湖荷花極盛，故香山有「繞郭荷花三十里」之句，屯田有「三秋桂子，十里荷花」之詞。

南北高峰高插天，兩峰相對不相連。晚來新雨湖中過，一片癡雲鎖二尖。

兩峰峻絶，相去十餘里，濃雲密護，時露雙尖，故十景有「雙峰插雲」之目。

冤魄沈埋鬱未伸，群姦面縛跪莎塵。何曾消得孤忠恨，不是金人是鐵人。

武穆墓在栖霞嶺下。正德八年，都指揮李隆範鐵爲秦檜夫婦、万俟卨三像，背縛跪墓前。雍正九年，錢塘令李惺重鑄，益以張俊，共四像。游人過此，必唾罵捶楚。檜像已洞腹長舌，兩乳磨模可鑒。蓋鑄者欲不朽，擊者欲速朽也。李卓吾云：「宜更鑄施全在旁，作持刀殺檜狀，則更快人意。」

萬竿緑竹影參天，幾曲山溪咽細泉。客到洗心亭子上，頓教塵慮一時湔。

洗心亭在雲栖萬竹中，蓮池大師教人念佛處，有念珠大如鷄子，懸梁間。

山泉雨後自能鳴，一片琴音大蟹行。却怪石鐘山下水，噌吰鞺鞳是粗聲。

烟霞嶺下有水樂洞，自然宫商，新雨流澌，不异絲桐之奏也。

排衙石在鳳凰山，羅列森然玉笋班。艮嶽若教搜括去，也隨飛礮上天壇。

鳳凰山在湖南，杭郡諸山最高處也。上有石，排列兩行，名排衙石，爲吴越王所開。《宋史·地理志》云：「金人圍汴京，上命取艮嶽中花鳥投之河，鑿石爲礮，以守天壇。」

錢塘立夏門紛華，忙煞青帘賣酒家。臘窨開生邀客飲，不須更吃七家茶。

杭俗，逢立夏日，酒店祀神，邀巫師祝釐，凡平日來沽者，皆得沽杯勺，謂之「嘗酒」。冬春釀熟，預顔其門曰「某日開生」。是日又烹新茶，配以細果饋親鄰，謂之「七家茶」。

吴山絶頂大觀臺，呼吸能通帝座開。十萬青巒排脚底，高吟人自日邊來。

大觀臺最高，登臨者有舉頭天外之想。

到來身已離塵寰，仙源迴别非人間。松陰滿院不知午，野鶴一聲天地閒。

西湖梵宇禪宫，無慮百數十。余所見，惟陶莊丁仙祠，爲黄冠栖真之地，其餘皆緇流也。或余游迹未廣耳。

古井通江運梗楠，濟公法力最難參。而今才曉飛來石，慧理由來不妄談。

井在浄慈寺中，泉極甘，下通於江，又名通江井，濟公運木處也。餘木尚存，汲時或左或右，惟不能出耳。

貓頭解籜燕雛肥，游女輕羅試袷衣。玫瑰香殘花事了，膩人開到野薔薇。

杭郡氣暖，初夏有著羅衫者。玫瑰殘後，山谷中野薔薇盛開，香聞數里。貓頭笋，大者重二十餘觔，肉白如霜，墮地即碎，嗅之作蘭花香。

昭慶禪林古戒壇，曾聞結社比廬山。搢紳總入孫何記，只作遷陞舊册看。

昭慶寺，在錢塘門外溜水橋西。乾德間，錢氏建。天禧初，有圓净法師學遠公結社，搢紳與會者二十餘人，孫何爲之記。

賢守難忘李白蘇，逋仙風節許同符。若教俎豆王欽若，秋菊寒泉稱得無。

四賢祠祀鄴侯、香山、東坡、和靖，在孤山之上。和靖有「茂陵他日求遺稿，猶喜曾無封禪書」之句。「一盞寒泉薦秋菊」，東坡吊林句也。王欽若，天禧中曾爲杭州守。

王墳蠶豆鸚哥緑，龍井楊梅鶴頂丹。更採湖蓴如雉尾，嘗新四月勸加餐。

南屏山邵皇親墳産蠶豆，顆大而味鮮，杭人呼爲「王墳豆」。《錢塘縣志》云：「龍井法華山産楊梅，爲天下冠。」蓴菜亦湖中所産，採於夏初，嫩而無葉者名「雉尾」。蓴葉舒，則爲絲蓴。

靈旗斜曳水痕長，白露青蓮發妙香。除却孤山林處士，何人配食水仙王。

孤山路口舊有龍王堂，即水仙王廟。久圮。雍正五年，改建精舍，仍以前楹祀水仙王。池産青白蓮花。

文山祠宇鄰忠肅，柴市忠魂應久還。化作啼鵑猶帶血，南飛只向鳳凰山。

文丞相祠與于墳相近。「從今別却江南道，化作啼鵑帶血歸」，公被執北行時過金陵詩也。宋大内在鳳凰山下。

西湖水利費咨諏，六井湮沈吊鄴侯。石筧葑堤相繼作，白蘇功并水長流。

唐代宗時，李泌刺杭州，開六井，以資民汲。長慶初，白太傅重修六井，更甃函筧，以湖水溉田。迨宋元祐間，坡公知杭州，積葑爲堤，募民浚湖，湖乃大治。

畝澮猶分八卦形，宋家自昔重遺經。畫沙豈少真儒在，旅寄靈芝號考亭。

八卦田，在鳳凰山南。朱子童時，與群兒偕，獨於沙上畫八卦，端坐凝思。慶元元年，禁僞學，朱子被斥，寓西湖靈芝寺中。

誰爲磨刀割紫雲，盤空絶壁裂雲根。紅塵外有清凉地，六月披裘入洞門。

紫雲洞在栖霞嶺後，深數千尺，寬廣如之。陰崖陡絶，如巨靈掌將伸指作縛人狀。《志》稱其峭聳懸空，陰凉徹骨，不虛也。

石樓方丈望東洋，海氣天風接混茫。黑豆遠帆飛鏡面，波開紅日是扶桑。

從靈隱羅漢堂而西，徑路屈曲，筠篁夾道，挽葛援蘿，約三四里，始達韜光寺頂。

有石樓方丈，正對錢塘江，江盡處即海，洪濤與天相接，十洲三島如在目睫，真大觀也。

湖上難尋舊酒壚，青樽紅袖夢回初。汴京燈火礬樓曲，猶剩東華十卷書。

南渡時，孟元老著《東京夢華録》十卷，言汴京遺事甚悉。樊樓，原名白礬樓。《夢粱録》，記南渡瑣事。

八月潮聲動地來，赭龕山外響如雷。要知江水回頭處，直到嚴陵舊釣臺。

錢塘潮汐，八月最盛。爲海門赭、龕二山所束，激而爲濤，凡三折而達於富春，故曰浙江。東坡詩云：「欲識潮頭高幾許，越山渾在浪花中。」謂赭、龕二山也。

西湖嵐嶂出層雲，山外青山望不分。金碧樓臺霄漢裏，天然一幅李將軍。

西湖諸山環繞，重叠難分，故宋人有「山外青山樓外樓」之句。

赤手銀河再造功，我來拜墓問英雄。九哥不比鄜王厚，雪窖長埋五國中。

于忠肅公墓在三台山，王陽明題石楔云：「赤手挽銀河，君自大名垂宇宙；青山埋白骨，我來何處哭英雄。」于公功在社稷，於英廟尤爲有功。鄂王所事之主，若等鄜王，則二聖環，何致爲伶人置之腦後耶？

漱石山居落照時，桐陰桂影兩參差。回廊石鼎燃松火，一縷茶煙出屋遲。

余寓湖上漱石居，交游絶少。探幽之暇，惟與任、徐二君鬥茗閒話耳。

三橋流水漾銀沙，一片詩情托釣槎。擬把客裝留半載，西溪風雪訪梅花。

西溪在西湖北山之陰，由松木場入。曲水灣環，群山四繞。名園古刹，前後相接。多蘆汀沙溆，以略彴通行，有車馬所不能至者。居民以梅爲業，本極大而有致。三橋，在溪上。

傳來誰念和凝鉢，荒去空留陸贄莊。争似坡公重出守，泉名六一記歐陽。

西湖僧慧勤能詩，與歐公善，東坡倅杭時囑訪之，遂訂方外交。後十八年，公守餘杭，則歐公已殁，勤亦化去。有泉出講堂後，因懷六一翁，即以名泉。今在孤山之陽。

堂前蟋蟀正縱横，玉軸金題記悦生。即此便成軍國事，羽書何必報樊城。

賈似道賜第在葛嶺中，有半閒堂，久圮。似道好鬥促織，有客云：「此真軍國大事！」似道不覺失笑。所藏書畫，鈐以「悦生」小印。

法相寺中尋古迹，堂前惟有定光佛。僧來不語自鳴鐘，松影斜陽送歸客。

晚游法相寺，泉石無奇，惟定光佛香火不絶。相傳唐時至今，肉身不壞，寺僧之言如此。又《留青日札》云：「寺藏一异齒，大如拳，透明碧緑色，僧謂是佛牙，誘婦女請觀獲利。」其説殆略同。

山上猶傳御教場，空勞戎馬炫紅妝。君王若識鷹揚意，旗鼓還須問汴梁。

鳳凰山頂平坦可馳馬。南渡時，山下即大内，此爲嬪妃演武處，土人至今猶呼「御教場」云。

北客來時米價平，江干柴草似雲屯。東門菜把西門水，過客均叨地主恩。

杭郡諺云：「東門菜，西門水，南門柴，北門米。」蓋東門多蔬圃；西門引湖水注城中，以資汲飲；嚴州、富陽之柴聚江干；蘇、湖米則來自北關云。

當年南渡詡中興，湖上風光日漸增。看罷龍舟端午過，大家又説看河燈。

龍舟自二月八日起，至端午後始歇。中元節放燈河中，謂之「照冥」。宋時極盛，四方游人有預居湖上，以待此夕者。

來鳳山亭高又高，西湖真作鳳凰巢。試看藝苑新編出，片片丹山五色毛。

來鳳亭，在寶石山上。兩浙爲人文淵藪，杭郡尤稱最盛，群才蔚起，洵文中鳴鳳也。

忠宣祠宇枕湖灣，白雁西風落照間。此日瓣香堪下拜，前身屬國後文山。

洪忠宣使金不屈，間以蠟書達行在，言和議不可信。及還朝，鬚髮盡白，時人比之蘇屬國。前人《錢塘懷古》有「洪皓西風雁一行」句。孫喬年云：「李宫保題祠聯云：『身竄冷山，萬死持回蘇武節；魂依葛嶺，數椽鄰近鄂王墳。』措詞最工。」

斷碑誰記輔文功，古墓蕭蕭大樹風。鴆酒一杯千載恨，願添頑鐵鑄師中。

紫雲洞前有牛皋墓。皋字伯遠，爲武穆部將，屢立戰功，秦檜囑田師中殺之。紹興十七年上巳，師中大會諸將，飲以鴆酒，遂卒。後追封輔文侯。

四野難營馬鬣封，厝宫斂屋習成風。送喪防火心原苦，依舊荼毗葬祝融。

杭城煙户稠密，墻垣編竹爲胎，塈以黄土，亦有不加圬墁者，故易致火灾。親喪不敢久淹，又以山多田少，艱於卜壤，多權厝於四野墩屋，計月論值。無力者，逢寒食或盂蘭付之火葬。按，荼毗本釋氏惡習，豈人子所忍爲？移風易俗，當有任其責者。

香魂寂寞有無間，知在西泠第幾灣。莫道紅顔真薄命，一抔千古占湖山。

蘇小墓在西泠橋畔，有心人或有持酒吊之者。

鶴亭梅塢傍祠門，墮泪遺碑三字存。歎息勾留留不住，八閩何處吊忠魂。

范忠貞公，諱承謨，撫浙多惠政，後總督福建，死耿逆之難。去浙時，書「勾留處」三字，用香山詩意也。浙人哀之，建祠於孤山之麓。其遺筆，別爲亭懸之。鶴亭、梅塢，俱在祠旁。

朝朝來往毛家埠，不見當年醉白樓。千古南池同寫照，香山已歇舊風流。

毛家埠在湖西南，游人必由之道。《志》云此地有香山醉白樓，訪之不得，蓋古迹之湮没也久矣。

卅年孝子山中老，一片精魂石上逢。不是李源真性在，葛川何處覓圓公。

三生石，在天竺。按，李源，京洛人。父愷死禄山之難，源悲泣哀毁，終身不仕不娶，居惠林寺三十年，未嘗一日忘其父也。

從來山水媚於秋，風致全從淡處求。湖上三春圍錦綺，還思九月一登樓。

湖樓晚眺最佳，想秋末冬初，更擅其妙。

靈隱風僧迹太奇，東窗事發已嫌遲。若教早奪奸臣魄，也有黃龍痛飲時。

陸雲士《湖壖雜記》云「秦檜遇風僧事，予於鴻書見之」，必非無因之説。正不可不存此迹於天地間，以作回邪鑒戒也。

風流刺史留芳躅，千載堤名帶姓夸。山色水光歸判筆，澄波皓月作官銜。

白公堤在錢塘門外，由石函橋北至餘杭門止，蓄上湖之水，以達下湖，俗以孤山路爲白堤，誤矣。西河毛太史辨之甚明。蘇公堤南自南屏，北接岳廟，跨以六橋，横截湖中，元祐間東坡所築也。東坡西湖詩：「水光瀲灧晴方好，山色空濛雨亦奇。」香山《寄元九》詩：「報君一事君應羨，五宿澄波皓月中。」知二公於此興復不淺耳。

古隸摩崖蝕蘚斑，温公遺迹半凋殘。家人卦寓修齊理，莫作尋常石刻看。

南屏山有司馬温公書《家人卦》。葉紹翁《四朝聞見録》云：「錢塘自五季以後，民多淫靡，齊家之道或缺焉。故温公書此，以助風教，非偶然也。」朱竹垞《曝書亭集》：「《宋鑒》稱，紹興六年十一月，上諭大臣曰：『司馬光隸字正似漢人，所書《中庸》與《家人卦》皆修身治國之道，不特玩其字而已。』」

南渡偏安事可憐，銷金鍋子急相煎。鳳凰山上今回首，不見冬青哭杜鵑。

臨安當南渡時最繁盛，時人目西湖爲銷金鍋。元至元初，西僧楊璉真伽盡發南宋諸陵，以理宗頂骨爲飲器。林、唐二義士拾殘骸瘞之，更樹冬青樹爲記。飲器在西僧廬中，明初求得之，命有司以禮歸葬。

自昔錢塘盛水嬉，候潮門外弄潮兒。手持綵幟翻波出，不要渾脱當馬騎。

浙江秋潮，自八月十一日始，至十八日最盛。蓋宋時以是日教閲水軍，非潮特大於是日也。其初出海門時，僅如銀綫，既而玉城雪嶺，際天而來，而聲如雷霆，震撼激射，吞天沃日，勢極雄豪。杭人百十爲群，伺潮出海門，執旗泅水上，以迓潮神，謂之「迎潮」。或有手脚執五小旗，踏浪翻濤，騰躍百變，謂之「弄潮」。往往有沈没者，蔡端明曾作文戒之，習俗相沿，終不能遏也。

怪石嶔崎竟解飛，理公幻説是耶非。若果飛來應飛去，如何鷲嶺久忘歸。

飛來峰在靈隱寺前。晋咸和元年，西域僧慧理指爲天竺國靈鷲山之東嶺，不知何年飛來，峰以此得名。楊升庵又謂巫陽臺，自巫峽飛於靈隱，亦何據耶？先賢邵紫芝博引金華、羅浮諸山，共五六處峰石，皆有飛來之名，則命名之義，第以其奇峭，勢若飛來耳。必謂來自何所，則等於移山鞭石之説。宜尹仲明詩譏其語特虚幻，眩惑千古也。峰上下左右鑿大小佛像，僧云是西僧楊璉真伽所爲。竹垞辨在漢唐時已有之，非始於楊也。

縹緲峰巒曉色開，五雲山上雪皚皚。山僧報瑞今年早，明日平章進表來。

五雲山特高寒。宋時每歲臘前得雪，寺僧必捧雪表進，城中霰猶未集也。

誰寫南屏對雪圖，文章節義共悲吁。他年一點麻衣淚，得自蘿山石室書。

方正學爲宋景濂弟子，同寓南屏僧舍，嘗對雪談古今節義事，悲歌慷慨，情見乎辭。景濂殁後，王某爲寫《南屏對雪圖》，正學題長句於其上。蘿山石室，景濂著書處。

頭顱北去默無言，千載憑誰爲雪冤。歎息何人繩祖武，空勞太白記南園。

陸放翁爲侂胄作《南園記》，爲終身瑕累，然筆筆借忠獻以動侂胄成中興之業耳。觀《劍南集》中，有「他年恢復中原日，家祭毋忘告乃翁」之句，可想見其苦心。此事汪蛟門比部、顧書宣太史論之甚詳。宋孝宗一日問周益公：「有如李白之才者乎？」周以務觀對，時人呼爲「小太白」。

莊嚴寶塔鎮江潮，開化禪門半寂寥。解道枯僧足千古，大家立地放屠刀。

開化寺僻處江邊。開寶三年，智覺禪師造塔鎮潮，名六和塔。雍正間重建。塔上有魯智深像，頽然一老衲也。世傳《水滸傳》出元人施耐庵手，或云本屬子虚。然宋江等爲盗，見於《宋史》。余又讀《癸辛雜識》，有龔聖與作宋江等三十六人贊，内花和尚魯知深贊云：「有飛飛兒，出家尤好。與爾同袍，佛也被惱。」又《東都事略》載，侍郎侯蒙陳制賊之計云：「江等横行河朔，其材必過人，不若赦過招降，使討方臘以自續。」據此似實有其人。則聞潮坐化，未盡誣也。語録有「放下屠刀，立地成佛」語，即以此爲好殺者勸，亦無不可。

野性難甘刺史餐，碧天明月極高寒。怪他梵宇喧闐甚，紅爛袈裟接宰官。

香山守杭時，常具饌招韜光禪師，師以詩辭，有「山僧野性好林泉，明月難教下碧天」之句。

弄月吟風一腐儒，狂言笑我太豪粗。十年重到西湖上，依舊閒身入畫圖。

余與西湖有十年再到之約，故云。

跋

昔人云：「村叟入市，一打恭作揖，皆可入詩料。」此言有合竹枝之旨，故寧爲鄙俚瑣碎之詞，不作艷冶輕儇之調。豈止唐突西子，亦且貽笑山靈矣。世有方家，幸勿以詩律繩我。倥侗自跋。

又跋

王漁洋答劉大勤問，謂竹枝咏風土，「瑣細詼諧皆可入，大抵以風趣爲主，與絶句迥别」。余兹所爲百首，意在矯從前作者之偏，不肯墮纖佻一路。又或感懷記事，直舉胸情，故往往近於絶句，非復竹枝之體。脱稿後覆視，深愧自亂其例。性素疏懶，一二友人又趣付開雕，竟不獲分别改訂，奈何。時乾隆庚寅九月，倥侗又記。

再跋

越歲原本已燬，友人集貲爲余重刻，略加删正，付之手民，以志感惘。辛卯冬，倥侗再書。

藝　文　叢　刊

第　七　輯

105	歷代名畫記	〔唐〕張彥遠
106	澹生堂藏書約(外五種)	〔明〕祁承㸁等
107	呼桓日記	〔明〕項鼎鉉
108	龔賢集	〔明〕龔　賢
109	清暉閣贈貽尺牘	〔清〕惲壽平
110	甌香館集（上）	〔清〕惲壽平
111	甌香館集（下）	〔清〕惲壽平
112	盆玩偶録	〔清〕蘇　昃
	栽盆節目	李　桂
	盆玩瑣言	李南支
113	**西湖秋柳詞**	**〔清〕楊鳳苞**
	西湖竹枝詞	**〔清〕陳　璨**
114	小鷗波館畫學著作五種	〔清〕潘曾瑩
115	故宫楹聯	〔清〕潘祖蔭
116	曾文正公嘉言鈔	梁啓超
117	飲冰室碑帖跋	梁啟超
118	弄翰餘瀋	劉咸炘
	書法真詮	張樹侯